Herder Taschenbuch 1405

Über das Buch

1939 fiel der Pressechef des sowjetischen Außenministers Litwinow samt seinem Chef der stalinistischen Säuberung zum Opfer. Jewgenij Gnedin wurde in einem Schauprozeß wegen angeblichen Landesverrates zum Tode verurteilt, später zu zehn Jahren Lager begnadigt. Nach seiner Rehabilitierung 1955 schilderte er in seinen Memoiren u.a. die Annäherung Stalins an Hitler hinter dem Rücken der Sowjetdiplomaten und seine Erfahrungen in der jahrelangen Isolationshaft, in der er sein Leben und das Schicksal seines Volkes von Grund auf durchdacht hat. Wird sich seine Hoffnung auf eine pluralistische demokratischere Gesellschaft jetzt unter Gorbatschow erfüllen? Noch ist sein Buch, dem Nobelpreisträger Sacharow ein Vorwort gab, in der UdSSR verboten.

Jewgenij Gnedin

Das Labyrinth

Hafterinnerungen eines führenden Sowjetdiplomaten

Mit einem Vorwort von Andrej Sacharow

Herder Taschenbuch Verlag

Veröffentlicht als Herder-Taschenbuch

Übertragung aus dem russischen Original „Katastrofa i vtoroe roždenie-Memuarnye zapiski“, erschienen bei Alexander Herzen Stiftung, Serie „Biblioteka Samizdata“ Nr. 8, Amsterdam, 1977.
Aus dem Russischen übersetzt von Dragica Mackensen, für die deutsche Ausgabe überarbeitet von Ebba D. Drolshagen.

Buchumschlag: Werner Bleyer

Edition „Europäische Zeitzeugen“ 8

Herausgeber:
Wolfgang Leonhard, Dr. phil. Elke Leonhard

Der Druck dieses Buches wurde gefördert durch einen Zuschuß der ORIENT-OCCIDENT, Gesellschaft zur Förderung osteuropäischer Literatur e. V.

Herder Freiburg · Basel · Wien
Herstellung: Freiburger Graphische Betriebe 1987
ISBN 3-451-08405-8

Inhalt

Im Land der Götter, wo der Himmel glühte,
der Ölbaum stand und glänzten Meereswogen,
wo Pisa schlief, am Arno hingezogen,
und in Livorno Oleander blühte,

dort war ich glücklich. Dank weiß mein Gemüte
dir, Fiesole, euch, Urnen deiner Wogen,
daß gegen mich der Gott gespannt den Bogen,
dort, wo ihr rauschtet, stürmisch, doch voll Güte.

Dorthin, wo Raum das Herz zum Sterben findet,
wo lichter klingen Saitenlied und Träume,
geh' ich, laß mich vom Abendlicht umkosen.

Und es geht abergläubischer, geschwinder
der Wandrer durch des leeren Tempels Räume
und sucht in neuen Dornen frühre Rosen.

VJAČESLAV IVANOV

SCHWUR

Nein, nichts trennt vom Lande, nichts trennt von der Frau;
nichts kann Liebe im Menschen vertreiben.
Das Bild der Geliebten bleibt stets und genau,
treu der Heimat will ewig ich bleiben.
Gebrochen sind Wille und Glaube mir nicht,
wenn ein Sturm auch gebrochen mein Leben.
An Mühsal und Kämpfe gewöhnte ich mich;
mich läßt rohe Gewalt nicht erbeben.
Und schwächt meinen Atem auch Rauch und auch Glut –
in Freiheit bricht aus der Gedanke.
Kein Wort, keine Folter – und sei's bis aufs Blut –
läßt Treue zum Land in mir wanken!
Man sperrte den Weg in die Heimatstadt mir;
jäh war meine Jugend zu Ende …
Nein, nichts, du mein Land, kann mich trennen von dir,
zu dir – auch verjagt – ich mich wende!
Diese Fessel des Bluts, dieses Band bricht kein Schwert,
solange mein Leben auf Erden noch währt!

J. G.

Vorwort

von Andrej Sacharow

1977 gab der Herzen-Fonds in Amsterdam die Erinnerungen J. A. Gnedins, „Katastrophe und zweite Geburt" heraus. Aus unbekannten Gründen (vermutlich rein zufällig) wurden die Schlußkapitel des Manuskripts, die einen sehr wichtigen Teil des Werkes bilden, nicht mit veröffentlicht. Der Autor vervollständigte die unveröffentlichten Kapitel und erweiterte sie zu einem eigenen Werk mit dem Titel „Der Ausweg aus dem Labyrinth". Meines Erachtens müßten beide Bücher Gnedins das Interesse der Leser finden, die sich mit den Grundproblemen unserer Epoche beschäftigen.

Jewgenij Aleksandrovitsch Gnedin beschreibt sein Leben, das – so ungewöhnlich es auch ist – das Schicksal seiner Generation widerspiegelt. Am Anfang des Weges ist Gnedin ein überzeugter Revolutionär, ein Idealist, der ohne das geringste Zögern dem Sowjetstaat eine große ausländische Erbschaft vermacht. Er ist ein bedeutendes Mitglied in der Außenpolitik der UdSSR, einer der wichtigsten Helfer Litwinows. 1939 wird Gnedin verhaftet. Er wird in Berijas Kabinett und später im Sondergefängnis Suchanowo geprügelt, aber er verleumdet weder andere noch sich selbst. Zwei Jahre strengster Isolation, das übliche, rechtswidrige Einheitsverfahren, Zwangsarbeit im Lager, Verbannung, nach Stalins Tod die Rehabilitation (aufgrund der Einmischung des noch immer einflußreichen Molotows wurde sie verzögert und ließ einen leicht zweitrangigen, verwundbaren Mann im poststalinistischen Staat zurück, wie alle anderen Opfer stalinscher Repressionen auch); schließlich Jahre literarischer und journalistischer Tätigkeit und eine bescheidene Pension. Das ist der äußere Rahmen dieses Schicksals, das der Autor mit vielen, manchmal erschütternden Einzelheiten erzählt. In diesen Rahmen gehört auch das intensive Innenleben, das Gnedin geholfen hat, die schlimmsten Tage im Lubjankagefängnis und in Suchanowo zu überstehen. (Im Zusammenhang mit Suchanowo zitiert Gnedin die von Stalin geliebte, böse Redensart und Direktive: „Eine Schlange ist eine Schlange, ein Gefängnis ist ein Gefängnis.")

Den Hauptinhalt des Buches bilden die quälenden Zweifel des Autors und seine Suche auf ethischer, philosophischer, politischer und sozialökonomischer Ebene, eine Suche, die, anders als bei den meisten anderen mit ähnlichem Schicksal, schon während seines Staatsdienstes begonnen hatte. Auf diesem Wege gewinnt er schließlich ein seelisches Gleichgewicht, das auf einer neuen, tief philosophischen und humanen Basis ruht. Doch selbst dann noch schreibt Gnedin: „Die Krise meiner Weltanschauung ist noch nicht endgültig überwunden." Und tatsächlich gibt es im Buch – zum Glück! – keine endgültigen Antworten, keine Patentlösungen. Statt dessen gibt es das Wichtigste: eine leidenschaftliche Suche nach der Grenze zwischen Gut und Böse: eine Verurteilung der Verwechslung von Mittel und Zweck, die unser Land zu den Schrecken der jüngsten Vergangenheit und gegenwärtig zur schlimmsten bürokratischen Stagnation in der Welt geführt hat. Bei alledem ist Gnedins Haltung gekennzeichnet durch einen bitter erkämpften persönlichen und historischen Optimismus, ohne daß dabei die negativen Seiten unserer Realität verdrängt würden.

Es sind viele Gedanken in dem Buch, viele tiefschürfende Bemerkungen und Beobachtungen. Ich werde die Einstellung des Autors nicht nacherzählen. Sie stimmt nicht völlig mit der meinen überein, und ich hätte Sorge, sie verzerrt wiederzugeben. Ich führe nur einige Zitate als Stichproben an:

„In Solschenizyns Aufruf, nicht mit der Lüge zu leben, ist das Wichtigste enthalten: es ist die Idee von der Notwendigkeit, Gut und Böse zu unterscheiden." Ich glaube, gegen diesen Gedanken hätte auch Solschenizyn nichts einzuwenden, ebensowenig wie viele seiner wohlmeinenden Opponenten.

„Ein historisches Verbrechen der Parteibürokratie des Stalinregimes war die Einstellung der NEP*. Sie bedeutete nichts anderes, als die Vernichtung der Voraussetzungen für eine Wohlstandsentwicklung des Landes auf der Grundlage einer Mischwirtschaft."

„Die Idee, den Sozialismus in einem Halbagrarstaat zu errichten, diente als Vorwand für Massenrepressionen gegen die Bauern."

„Ich erinnere daran, daß jener fruchtbare, erneuernde, revolutionäre Geist, der gleichzeitig der Geist der Tragödie ist, weder aus der Menschheitsgeschichte noch aus individuellen Schicksalen wegzudenken ist."

Aus dem Zusammenhang genommen würde das letzte Zitat durch seine schöne Mehrdeutigkeit eine gewisse gespannte Aufmerksamkeit in mir erwecken. Doch der Gesamtzusammenhang des Buches zeigt, daß für Gnedin nicht revolutionäre Gewalt, politisches Abenteurertum und Zynismus wichtig sind, sondern eben der erneuernde und in diesem Sinne revolutionäre Geist.

Die Memoiren Gnedins sind die emotionale Beichte eines Mannes, der einen langen Weg geistiger Entwick-

---

* „Neue Ökonomische Politik" (1921 beim 10. Parteitag der KPdSU beschlossen).

lung hinter sich hat. Gedichte spielen darin eine wichtige Rolle. („Die Augen des Buckligen“: „Mein Buckel ist mir Pflicht ... und nur der Schmerz vergangenen Verlusts spiegelt sich als Kummer in den Augen wider.“: „Die zweite Geburt des Buckligen“ – kommt daher der Originaltitel „Katastrophe und zweite Geburt des Buches“? –: „Sich selbst nicht zu verlieren unterwegs ist alles, was die Pflicht in meinem Herzen mir auferlegt.“)

Die zentrale Allegorie des Buches ist das Labyrinth. Damit sind nicht nur die Gefängnisgänge gemeint, in denen die Unglücklichen leiden und keinen Ausweg finden, sondern auch das tragische Umherirren der Gedanken, die Verkörperung der „Ironie der Geschichte“. Das Labyrinth einer Epoche, die Millionen Menschen und den Traum von einer neuen, gerechteren Gesellschaft selbst vernichtet hat und die Zukunft der ganzen Menschheit gefährdet, dieses Labyrinth entsteht nach Gnedin durch die Verwandlung der Mittel und schließlich die Verwechslung der Mittel mit dem Zweck. Statt eines revolutionären Idealismus entsteht Terror (Verwandlung der Mittel). Statt eines großen Traums kommt eine eigennützige Bürokratie (Verwechslung mit dem Zweck). Diese grundlegende These Gnedins ist unbestreitbar und tief durchdacht, wie immer man zu den anfangs aufgestellten Zielen stehen mag – ob man sie für eine edle Utopie hält, für einen genialen Vorstoß zum Kern der Probleme, vor denen die Menschheit steht oder aber für einen gefährlichen Irrtum.

Im Zentrum steht bei Gnedin die soziologische und psychologische Analyse des Menschen seiner Generation (eines „Roten“ wie eines „Weißen“), – der Epochencharakter (in der Bedeutung, wie Herzen ihn in seinen Memoiren verwendet) mit seiner selbstlosen Ergebenheit gegenüber den großen Problemen der

Menschheit und seiner potentiellen Eignung zur Verwandlung, die ins Labyrinth führt.

Ich hoffe, daß aus meiner kurzen Ausführung die allgemein menschliche Bedeutung der von Gnedin behandelten Probleme deutlich wird: das Ungewöhnliche und gleichzeitig Typische seines Schicksals.

Ich halte es für wichtig, daß Gnedins Memoiren vollständig auf Russisch und in anderen Sprachen erscheinen.

Moskau, 29. November 1978

Die Anfänge

Am 1. Dezember 1898 erschien in der „Sächsischen Arbeiterzeitung“ eine eigenartige Anzeige:

> **Parteigenossen**
>
> teilen wir die Geburt eines kräftigen Staatsfeindes mit. Unser Sohn war in Dresden am 17. November früh geboren und wird genannt werden
>
> **Lazarus.**
>
> Obwohl auf deutschem Boden geboren, besitzt er keine Heimat. Er muß mit uns ins Exil, weil sonst der sächsische Staat gefährdet werden könnte. Denn wir sind Feinde der in diesem Staate jetzt herrschenden Klasse kapitalistischer Ausbeuter. Aber mit den ausgebeuteten Proletariern Sachsens fühlen wir uns durch ein geistiges und politisches Band geeint. Und so soll denn der Junge von uns erzogen werden als Kämpfer in den Reihen der sozialrevolutionären Armee, um mit der Befreiung der Arbeiterklasse von der Unterdrückung durch das Kapital auch sich eine Heimat zu erkämpfen.
>
> *Parvus und Frau.*

Sächsische Arbeiterzeitung, 1.12.1898

Die „Sächsische Arbeiterzeitung“ war das Blatt des linken Flügels der deutschen Sozialdemokratie. Parvus war Redakteur dieser Zeitung, und gerade in der Zeit, als sein Sohn geboren wurde, verwies ihn die sächsische Regierung des Landes. Redakteurin wurde Rosa Luxemburg. Offensichtlich war sie es auch, die für die Nummer mit der Geburtsanzeige eines neuen „Staatsfeindes“ in Gestalt meiner Person verantwortlich zeichnete.

Diese mehr als ein halbes Jahrhundert alte Nummer der „Sächsischen Zeitung“, die wie durch ein Wunder zwischen alten Briefen erhalten geblieben ist, erinnert mich daran, daß Parvus für die Erziehung seines Erstgeborenen nicht mehr getan hat, als am dritten Tag nach dessen Geburt diese Anzeige aufzugeben. Ich wurde von meiner Mutter erzogen, einer überzeugten Sozialistin, russischen Revolutionärin, Idealistin reinen Herzens. Nachdem sie sich von Parvus * getrennt hatte, kehrte sie 1904 in ihre Heimat, nach Rußland, zurück; ich war damals fünf Jahre alt.

Als Kind hielt ich mich ganz selbstverständlich für einen Kämpfer der russischen „Sozialrevolutionären Armee“. Schon früh hörte ich die Namen Marx, Bebel und Liebknecht, zu meinen Lieblingshelden aber wurden die Dekabristen und die Narodowolzen, von denen meine Mutter erzählte und von denen ich später selbst in Büchern las. Ich war schon als Kind von Maxim Gorki begeistert. Mein erstes unbeholfenes kindliches „Gedicht in Prosa“ hieß *Die Wolgaschlepper*.

---

* Eine der interessantesten und zwielichtigsten Gestalten der Jahrhundertwende ist Alexander Parvus-Helphand. Sein Name steht unter einer Quittung, mit der er bescheinigt, „am 29. Dezember 1915 eine Million Rubel in russischen Banknoten zur Förderung der revolutionären Bewegung in Rußland“ von der Reichsregierung des kaiserlichen Deutschland erhalten zu haben. Ein Mann, der Lehrer, Freund und später Gegner Trotzkijs war, eine Graue Eminenz der Revolution. (Aus W. B. Scharlau, „Freibeuter der Revolution“).

Auf diese Weise bildete sich meine Weltanschauung unter dem Einfluß zweier mächtiger geistiger Strömungen: der revolutionären sozialistischen Ideologie und der humanistischen russischen Literatur.

In der Kindheit und frühen Jugend widersprachen sich diese beiden Strömungen nicht, später jedoch fiel es mir schwer, sie in Einklang zu bringen: einerseits das Bestreben, mit dem Volk für die gesellschaftlichen Ideale zu kämpfen, andererseits das Verlangen, den unerschöpflichen Reichtum der menschlichen Persönlichkeit, der menschlichen Seele zu erfassen. Obwohl dies ein Konflikt zwischen gleich starken Kräften war, wuchs er sich nicht zur Tragödie aus. Meine Generation reifte in der vorrevolutionären Epoche heran, und wir glaubten, daß die gesellschaftlichen Konflikte und die rebellische Suche nach Identität in der Revolution ihre Lösung finden würden. Schon als Schüler und später als Student besuchte ich nahe Freunde meiner Mutter, überzeugte Revolutionäre, Bolschewiken, und war auch an der Arbeit illegaler Gruppen beteiligt.

Aufgrund meiner Erfahrung kann ich wohl zu Recht behaupten, daß sich die jugendliche Neigung zum „Modernismus“, die Begeisterung für Neuerungen in der Kunst, vollkommen mit bürgerlichen Gefühlen und dem Pathos bürgerlicher Empörung vereinigen lassen.

Unter dem Einfluß meiner Mutter wuchs ich in einer Atmosphäre revolutionären Idealismus auf. Für sie war der Glaube an die Revolution und den Sozialismus untrennbar mit dem Glauben an den Menschen, an hohe moralische Prinzipien verbunden. Einer der mir von klein auf eingeprägten Lebensgrundsätze lautete: Halte einen Menschen für gut, bis sich zeigt, daß er es nicht ist.

Als ich eingeschult werden sollte, fuhren wir, auf der Suche nach einem Gymnasium, dessen Prozentsatz für Juden noch nicht ausgeschöpft war, in einige Städte, in denen Verwandte lebten. In Kiew beispielsweise rief mich der Schulleiter während der Prüfungen aus der Klasse, weil sich herausgestellt hatte, daß die Quote erfüllt und es daher sinnlos war, die Rechenaufgaben zu lösen. Als wir nach Odessa gezogen waren, wollte meine Mutter nicht, daß ich das jüdische Gymnasium besuchte, da sie – wie jeder russische Sozialdemokrat – eine Gegnerin jeglicher Art von Nationalismus war. Sie beschloß, mich auf eine gute Realschule zu schicken, die von der deutschen Gemeinde der Stadt Odessa gegründet worden war, da sie meinte, meine deutschen Sprachkenntnisse könnten mir die Einschulung erleichtern. Nachdem wir in dieser Schule gewesen waren, sagte sie zu mir: „Der Direktor ist einverstanden, dich in die zweite Klasse aufzunehmen, wenn du die lutherische Konfession annimmst; sonst kommst du in die erste Klasse, obwohl du die Prüfung für die zweite Klasse bestanden hast. Was willst du tun?"

Ich antwortete, da es keinen Gott gebe, sei mir es völlig gleichgültig, welcher Religion ich angehöre und folglich zu diesem Schritt bereit. Daraufhin erklärte mir meine Mutter – sie hatte mit großer Mühe bei der zaristischen Polizei erreicht, daß in ihrem Paß der Vermerk ‚konfessionslos' eingetragen wurde – es handele sich in meinem Fall nicht um Glauben oder Unglauben. Ich erfuhr, daß dieser Schritt, zu dem ich bereit war, Renegatentum bedeutete, die Aufgabe der Nationalität für egoistische Ziele. So wurde mir im Alter von zehn, elf Jahren eine strenge Lehre erteilt: Ich lernte, was Prinzipientreue ist, daß ich Menschenwürde bewahren müsse und mich nicht um persönlicher Vorteile willen beliebig anpassen dürfe.

In den Jahren des ersten Weltkrieges begriff ich, daß ich aufgrund unterschiedlicher Beurteilung der politischen Ereignisse mit den mir nahestehenden Menschen, ja sogar mit der eigenen Mutter, in Konflikt geraten konnte. Es handelte sich um die Einstellung zum imperialistischen Krieg. Damals hatte ich keine Möglichkeit, Lenins Werke zu lesen, doch ich wußte, daß die Bolschewiken Gegner der Kriegspolitik der zaristischen Regierung waren. Im Unterschied zu meiner direkten Umwelt erklärte ich mich aufgrund vager psychologischer Gesetze (denn von einer sozialen Grundlage konnte nicht die Rede sein) zum Gesinnungsgenossen der Bolschewiken. In der kleinen Wohnung meiner Mutter, einer einfachen Bibliothekarin, entbrannten politische Streitgespräche, die die politischen Kämpfe im In- und Ausland widerspiegelten. Es kam der Sommer 1917. Ich kann gut nachempfinden, was Boris Pasternak über die damals herrschende „märchenhafte Stimmung" sagte, über die „Empfindung des Alltäglichen, das man bei jedem Schritt beobachtet und das im gleichen Augenblick zur Geschichte wird", über dieses Gefühl der Ewigkeit, die zur Erde gekommen war und die überall ins Auge fiel.

Ich war von der Revolution und ihren Verheißungen berauscht, doch traf mich zu dieser Zeit auch schweres Leid – meine Mutter starb im Juni 1917.

Als uns die Nachricht von der Februarrevolution aus Petrograd erreicht hatte, beteiligte ich mich mit einer kleinen Gruppe Studenten an der Besetzung des Polizeireviers. Danach begannen Versammlungen und Diskussionen, und bei Genossen, die bis vor kurzem Gleichgesinnte waren, zeigten sich gegensätzliche Meinungen. Ich erinnere mich, wie wir im Korridor der Universität darüber stritten, wer im Februar/März 1917 den Umsturz bewerkstelligt habe: das Komitee des Staatsduma oder der Rat der Petrograder Arbeiterdeputierten. Ich war natürlich Anhänger des Rates. Die Unruhen und Streitgespräche nahmen in dem Maße zu, wie sich die gesellschaftlichen Kräfte in Rußland gegeneinander abgrenzten. Die Gewitter des Sommers 1917 waren Vorboten der kommenden Winterstürme.

Bis Anfang 1919 beschäftigten mich jedoch vor allem

die Probleme meines persönlichen geistigen Lebens. Ich mußte mich von den rosigen Hoffnungen des Frühlings 1917 trennen und mit dem Gedanken vertraut machen, daß der Sturz des Zarismus nur der Anfang eines harten Kampfes war.

Im Winter 1918/1919 war ich in einem Dorf bei Nikolaew Lehrer (seit meinem 17. Lebensjahr verdiente ich meinen Lebensunterhalt durch Nachhilfeunterricht). Ich plante, mich in diesem Dorf auf die universitären Zwischenprüfungen vorzubereiten. Aber bald hörte ich auf, mich mit altgriechischer Philosophie und Mathematik zu beschäftigen, nahm mit Kämpfern der Untergrundbewegung im benachbarten Dorf Kontakt auf und schloß mich dann den Partisanengruppen an, die gegen die Weißgardisten sowie die französischen und griechischen Interventen kämpften.

Ich wurde beauftragt, die umliegenden Dörfer zu bereisen, um die ansässigen Bauern für die Partisanengruppen zu werben. Trotz meiner Unerfahrenheit war ich erfolgreich. Die Mehrheit der Bauern wußte, daß mit der Weißen Armee die Gutsbesitzer zurückkehren würden. Daher wurde mir in den dörflichen Versammlungen eine einzige Frage gestellt: Verliert der Bauer seine Parzelle, wenn er das Dorf verläßt und zu den Partisanen geht? Darauf antwortete ich eifrig und überzeugt: Ganz im Gegenteil, in diesem Fall würden die Parzellen vergrößert werden. Auch Bauern, die kein Land haben, würden welches bekommen.

Als die Sowjetmacht im Frühjahr 1920 endgültig in Odessa etabliert war, arbeitete ich eine Zeitlang in verschiedenen Bezirksverwaltungen und beschloß dann, mich nach Moskau, der Hauptstadt der Revolution, durchzuschlagen. Dort fand ich besonders günstige Bedingungen vor (wobei ich nicht die materielle Seite meine, im Gegenteil, ich hungerte oft). Freunde und Bekannte meiner Mutter aus der Zeit der Emigration und ihrer öffentlichen Tätigkeit in Odessa nahmen mich auf. Ich befand mich unter Menschen, die davon überzeugt waren, eine große historische Sache zu gestalten.

Im Herbst 1920 begann ich wieder zu studieren, dieses Mal an der wirtschaftswissenschaftlichen Fakultät des Petersburger Polytechnikums, wo die Studenten mich bald zum Sekretär ihrer Organisation wählten. Ich arbeitete aktiv im Vorstand der damals noch sehr kleinen „Kommunistischen Fraktion" und näherte mich insbesondere in den Tagen des Kronstadter Aufstandes stark an die Bolschewiken im Institut an. Dennoch trat ich nicht in die Partei ein.

1921 schlugen mir die Kommunisten immer wieder vor, der Partei beizutreten und äußerten ihr Erstaunen darüber, daß ich dies nicht bereits getan hatte. Darauf pflegte ich zu antworten: „Der Arbeiter tritt, seinem Klasseninteresse und seiner revolutionären Überzeugung folgend, in die Partei ein, ohne darüber nachzudenken, welche Ideologie er vertritt; der Intellektuelle hingegen kann nur dann Mitglied der kommunistischen Partei werden, wenn seine marxistische Weltanschauung ausgereift ist. Bisher halte ich mich nicht für einen reifen Marxisten. Ich habe der Sache des Sozialismus gedient und werde ihr weiter dienen, aber der Partei trete ich erst bei, wenn meine Weltanschauung mit der der Partei übereinstimmt."

Mit dieser offenen Antwort wollte ich meine philosophischen Ansichten und den mir eigenen Individualismus betonen. Doch seit den Jahren meines Studiums war die Treue zum sowjetischen Staat für mich das Kriterium, nach dem ich meine eigene politische Einstellung und auch die anderer beurteilte.

Allerdings bin ich durch die Revolution geformt. An meiner Wiege wurden – im wahren Sinne des Wortes – russische, ukrainische und deutsche Revolutionslieder gesungen. Mein Reifungsprozeß fiel in die Epoche großer Erschütterungen und großer Hoffnungen, als uns Umschwung und Veränderung in Gesellschaft und Leben als ein natürlicher Zustand erschienen. In dieser Atmosphäre rascher gesellschaftlicher Veränderungen und der Umbestimmung aller Werte konnten leicht wenn nicht anarchistische, so doch aufrührerische Gefühle entstehen, die mir in der Jugend nicht fremd waren. Seit der Wende in meiner Entwicklung jedoch ging die revolutionäre Überzeugung stets mit dem Kampf um eine neue Staatsmacht einher. Der Junge, den der Vater bei seiner Geburt einen „kräftigen Staatsfeind" genannt hatte, verwandelte sich in einen kräftigen Staatsdiener. Meine Bekanntschaft mit Lenins Buch „Staat und Revolution" wurde zum Meilenstein meiner geistigen Entwicklung. Ich erinnere mich sehr gut an den kühlen Tag im Herbst 1920 in Petrograd, als ich es zu lesen begann. Ich stand auf der vorderen Plattform eines Straßenbahnwagens und blätterte mit Begeisterung in dem Buch, das, wie mir damals schien, verdeutlichte, warum die alte Staatsmaschinerie zerschlagen und eine neue Staatsmacht errichtet werden mußte. Ich gelangte zu der festen Überzeugung, daß man einen Staat aufbauen müsse, der demokratischer war, als je ein Staat gewesen ist, daß dieser zu einem wichtigen Werkzeug im Kampf um die Erneuerung der menschlichen Gesellschaft werden und auf diese Weise die historische, gesetzmäßige Auflösung des Staates vorbereitet werden würde.

Am Anfang der zwanziger Jahre zweifelten wir nicht daran, daß die Weltrevolution bevorstand. Wir sahen in der europäischen Revolution einen unabwendbaren Prozeß, angetrieben von Kräften, die außerhalb Rußlands wirkten. Und der sowjetische Staat rechnete mit einer Unterstützung durch die Weltrevolution.

Erst gegen Ende der zwanziger Jahre, als die Stabilisierung des Kapitalismus die Hoffnung auf eine baldige Revolution in Europa zerstörte, änderten sich auch unsere Vorstellungen (ich spreche in erster Linie von den jungen Leuten, die von der Universität direkt in den Staatsapparat kamen). Damals erschien uns die Idee, in einem Land den Sozialismus aufzubauen, als die neue rettende Perspektive.

Nachdem ich Mitarbeiter des Volkskommissariats für Auswärtige Angelegenheiten (NKID) geworden war, beteiligte ich mich natürlich mit großer Begeisterung an der Realisierung der neuen Aufgaben in der Außenpolitik.

KAPITEL I

Parvus' Erbe

Ich kann nicht sagen, daß ich schwer erschüttert war, als ich im Dezember 1924 vom Ableben meines Vaters erfuhr. Aber natürlich versetzte mich diese Nachricht in große Aufregung.

Ich habe meinen Vater zum letztenmal gesehen, als ich etwa fünf Jahre alt war. Während meiner ganzen Kindheit vergaß ich ihm die Kränkungen nicht, die er meiner geliebten Mutter zugefügt hatte. Die Nachricht, mein Vater, ehemals ein bedeutender Theoretiker des linken Flügels der deutschen Sozialdemokratie, sei ein reicher Mann geworden, brachte mich ebenfalls gegen ihn auf. Im Geiste des demokratischen Idealismus erzogen, empfand ich von Kindheit an Feindseligkeit, man kann sagen: plebejischen Haß gegen die Reichen, diese satten Herren, denen es gut ging, die nur für materielle Interessen lebten und denen die hohen Ideale der Freiheit, Gleichheit und Brüderlichkeit selbstverständlich fremd waren. Ich war nicht der Sohn eines reichen Vaters und wollte es auch nicht sein.

Im Sommer 1917 hatte ich eine Nachricht von Parvus erhalten. Er schickte mir einen Brief auf ungewöhnlichem Papier und eine noch ungewöhnlichere Platinuhr. Ich betrachtete diese Sendung nicht als Brief meines Vaters, sondern als „den Brief eines Unbekannten". Ich antwortete Parvus, ich wünschte von ihm keine Geschenke zu empfangen und keinen persönlichen Kontakt zu ihm zu unterhalten, solange er mir keine Erklärung über seine gesellschaftliche und politische Tätigkeit gegeben habe. Eine Antwort darauf erhielt ich nicht, weder in jenem Jahr noch später. Der Brief meines Vaters ging verloren, und die Uhr, die ich nie benutzte, verkaufte ich schon in den zwanziger Jahren in Moskau, als ich vor der Geburt meines Kindes Geld brauchte.

Im Sommer 1920 änderte ich in Moskau meinen Familiennamen von Helphand in Gnedin. Damit brach ich ein für allemal mit Parvus, „fixierte dokumentarisch", daß ich eine eigene gesellschaftliche Persönlichkeit habe.

Ich wollte niemals verheimlichen, daß Parvus mein Vater ist, aber ich wollte selbständig sein, ein Mensch, der seinen Werdegang und sein Lebensziel nicht von seiner „Herkunft" bestimmen läßt, sondern selbst bestimmt. Da ich nicht wollte, daß die Menschen in mir den „Sohn Parvus'" sahen, vermied ich Begegnungen mit Menschen, die Parvus persönlich kannten. So schlug ich eine Einladung Clara Zetkins aus, da ich fürchtete, sie werde in mir nicht Jewgenij Gnedin, sondern Parvus' Sohn sehen. Ich beging schon allein deswegen einen schweren, unverzeihlichen Fehler, weil Clara Zetkin bei ihrer Suche nach mir vermutlich vor allem daran dachte, daß ich der Sohn ihrer Freundin Tatjana war. Sie hatte mit meiner Mutter bis zu deren Tod im Jahre 1917 korrespondiert.

Der Wunsch, eigenständig zu sein, die Ablehnung des Vaters, die Notwendigkeit, oft erklären zu müssen, daß ich seit früher Kindheit von ihm getrennt war, dies alles hatte bei mir einen gewissen Minderwertigkeitskomplex hervorgerufen, den ich überwinden mußte. Manchmal sagte ich mit bitterer Ironie: „Wenn ich als Greis sterbe, wird irgendjemand sagen: Da beerdigt man Parvus' Sohn ..."

In den ersten Stunden, nachdem ich von Parvus' Tod

erfahren hatte, wandten sich meine Gedanken von der Vergangenheit hin zur Wirklichkeit, auf die praktischen Folgen des Geschehens. Da ich nicht in der Partei war, hatte ich keinen Grund, mein Handeln mit ihr abzustimmen. Ich brauchte keinerlei Direktiven, ich traf meine Entscheidung im Einklang mit meiner sozialistischen Weltanschauung, meiner politischen Überzeugung. Ich würde den Reichtum meines Vaters nicht selbst nutzen.

Als Mitarbeiter der diplomatischen Behörde, des politischen Apparates, dachte ich sofort daran, meine Rechte auf die Erbschaft einer Persönlichkeit wie Parvus für die Interessen des Sowjetstaates wahrzunehmen und nach Berlin zu fahren, um Kapital und Unternehmen von Parvus dem sowjetischen Staat zukommen zu lassen. Heute wie damals verstehe ich sehr gut, daß meine Frau Nada an die verlockenden Möglichkeiten, die ein so bedeutendes Erbe für sie persönlich hätten bedeuten können, nicht einmal dachte.

Vielleicht muß ich dem Leser erklären, daß es 1924 für einen sowjetischen Bürger nicht unrealistisch war, eine große Erbschaft anzunehmen. Zu jener Zeit wütete in unserem Lande die Neue Ökonomische Politik. Man konnte aus dem Ausland beliebige Summen in Devisen erhalten. Devisengeschäfte tätigte man in Moskau ganz offen bei den „Iljinsker Toren“ und weniger offen an hundert anderen Stellen. Wir hätten also ins Ausland reisen können.

Meine Freunde und ich glaubten oder hofften zumindest, daß eine historische Epoche der Befreiung der Menschen von materiellen Abhängigkeiten angebrochen sei: Nach den schweren Prüfungen sollte im Sowjetland eine Zeit der Blüte, der Fülle geistigen Lebens folgen. Ich kann gut verstehen, daß bei weitem nicht alle meine Zeitgenossen ähnliche Illusionen hatten; nicht nur die Gegner der Revolution, sondern auch viele ihrer Anhänger urteilten anders. Dennoch waren meine

Freunde und ich keine Ausnahme. Der von meiner Frau und mir in der Erbschaftssache Parvus gezeigten Uneigennützigkeit waren wir uns gar nicht bewußt, sie war keine persönliche Tugend, sondern spiegelte unser Verständnis vom Bürger wider.

Unser Handeln trug persönliche Merkmale, aber es zeigte auch Züge eines „epochalen Charakters“. In den Perioden des historischen Umbruchs werden durch Weltgeschehen und gesellschaftliche Veränderungen auch jene Menschen geprägt, die keine „historischen“ Personen sind. Ohne sich dessen bewußt zu sein, handeln die Menschen zu diesen Zeiten, wie sie unter anderen historischen oder gesellschaftlichen Bedingungen nicht handeln würden. Dabei ist offensichtlich, daß Lebensweg und Verhaltensprinzipien nicht von einer einmaligen Begebenheit bestimmt werden. Sie sind vielmehr das Resultat der vorangegangenen Entwicklung, die für einen denkenden und moralisch handelnden Menschen oft mit schwierigen Überlegungen und Suchen verbunden ist.

Einer der wesentlichen Züge dieses „epochalen Charakters“, der sich während der Revolution und der Entstehung des allumfassenden Staatsapparates ausbildete, war eine neue Form der Selbstbehauptung und des Aufsteigens in der sozialen Rangordnung; der Mensch erlangte eine bestimmte Stellung in der Gesellschaft (einen sozialen Status) nicht durch Befriedigung eigener materieller Interessen, sondern durch die Teilnahme an einer gemeinsamen Sache.

Bereits am Tag nach der Todesnachricht reiste Gnedin nach Berlin ab, kam jedoch aufgrund der schlechten Verkehrsverbindungen zur Beisetzung seines Vaters, die in Dresden stattfand, zu spät.

Doch er sah sich weder als trauernder Sohn noch wollte er sich an dem ihm zustehenden Erbe bereichern. Sein In-

teresse galt nicht Parvus' Vermögen, sondern in erster Linie dem von Parvus aufgebauten „Institut zur Erforschung der sozialen Folgen des Krieges" in Kopenhagen mit seiner umfangreichen wissenschaftlichen Bibliothek von internationaler Bedeutung, die Gnedin dem Sowjetstaat sichern wollte. Er verstand sich, wie er es selbst ausdrückte, „als Mitarbeiter des Staatsapparates, der beauftragt worden war, aus der 'Erbschaftssache Parvus' maximalen Nutzen für den Staat zu ziehen". Daher unterrichtete er N. N. Krestinski, sowjetischer Botschafter in Berlin, über jeden seiner Schritte und überließ es ihm, die Vorgehensweise in dieser Angelegenheit zu bestimmen.

Erbberechtigt waren neben Gnedin als ältestem Sohn noch Parvus' letzte Ehefrau, die er kurz vor seinem Tode geheiratet hatte sowie eine Tochter aus dieser Verbindung, doch über Parvus' Vermögen, das sich angeblich auf mehrere Millionen Mark belief, gab es in seinem Nachlaß keinerlei Unterlagen. Da Parvus kein Testament hinterlassen hatte, gestaltete sich der Kampf um die Erbschaft schwierig.

Im Verlauf der Nachforschungen über den Verbleib des Vermögens fand sich ein Safe bei einer Schweizer Bank. Gnedins Plan, in die Schweiz zu reisen, um beim Öffnen dieses Safes anwesend zu sein, scheiterte daran, daß er mit einem sowjetischen Diplomatenpaß reiste: Er erhielt kein Einreisevisum, da zu dieser Zeit zwischen der Schweiz und der UdSSR keine diplomatischen Beziehungen bestanden. Im Safe lagen nur Packpapierfetzen und Bindfäden.

Auch andere Bemühungen, das Vermögen aufzuspüren, waren nicht sehr erfolgreich: Er besuchte in München einen Notar, dem Parvus einige Jahre zuvor Wertpapiere im Wert von damals 700.000 Mark zur Aufbewahrung gegeben hatte. Parvus, so der Notar zu Gnedin, habe dies offenbar „vergessen", und die Papiere waren infolge der Inflation nur noch wenige hundert Mark wert. Er händigte sie Gnedin aus, der sie seinerseits an die sowjetische Handelsvertretung weitergab. Des weiteren gelangte er in den Besitz einiger Dokumente – darunter ein Brief des Reichspräsidenten Ebert an Parvus –, die er bei seiner Rückkehr nach Moskau dem Lenininstitut übergab.

Da sich diese Erbschaftsangelegenheit sehr viel komplizierter gestaltete, als zunächst angenommen, kehrte Gnedin im Mai 1925 nach Moskau zurück und übertrug die Wahrung seiner Interessen der juristischen Abteilung der Handelsvertretung der UdSSR in Berlin.

Im Oktober 1925 erhielt Gnedin – wie die anderen Erben auch – zunächst 1000 Mark, die er auf das Konto des Sowjetstaates überweisen ließ. Gleichzeitig machten neue juristische und praktische Probleme, an deren Einzelheiten Gnedin sich nicht mehr erinnert, es erforderlich, daß er ein zweites Mal nach Berlin reiste.

Während dieses Aufenthaltes besuchte Gnedin auch Parvus' Villa in Berlin, wo er von einem Gärtner erfuhr, daß wenige Wochen zuvor auf Veranlassung der Sozialdemokratischen Partei Deutschlands Parvus' Archiv aus diesem Haus fortgebracht worden war. Gnedin war darüber sehr verärgert, konnte aber, da dies mit Einwilligung des Nachlaßverwalters geschehen war, dagegen nichts unternehmen.

1927 schließlich erhielt ich als Teil meines Erbes (etwa hunderttausend Goldmark) die Bibliothek und die Akten des „Instituts zur Erforschung der sozialen Folgen des Krieges". Für das Schicksal dieser außerordentlich wertvollen Sammlung interessierten sich verschiedene Kreise in Europa. So findet sich beispielsweise in einem Band Briefe von Martin Andersen Nexö eine Bemerkung über das Schicksal des von Parvus gegründeten Instituts. In Nexös Brief vom 1. 12. 1920 an den Sekretär der Komintern, Kobeckij, heißt es: „Als Vermittler im Namen von K. Döring habe ich der Sowjetregierung die große, von dem „Institut zur Erforschung der sozialen Folgen des Krieges“ (Parvus-Bibliothek) gegründete Bibliothek angeboten. Diese Bibliothek ist sehr wertvoll und wird heute auf mehrere hunderttausend Kronen geschätzt. Das alles teilte ich durch Litwinow mit, habe aber bis heute keine Antwort erhalten.“ Zu diesem Brief merkte Werge Haumann, Herausgeber des Bandes, 1970 an: „Die Bibliothek wurde von Parvus gegründet, als er nach Dänemark gekommen war. Wir wissen nichts über das Schicksal der Bibliothek.“

Der Abschluß der „Erbschaftssache Parvus“ fiel mit beruflichen Veränderungen zusammen. Ich wechselte aus dem juristischen und wirtschaftlichen Bereich in die „reine“ und doch so unreine Sphäre der internationalen Politik, wurde Referent für deutsche Angelegenheiten und arbeitete zugleich mit großer Hingabe als Auslandskorrespondent.

1931 verließ ich das NKID, um in die Redaktion der *Iswestija* einzutreten, da ich keine Karriere im diplomatischen Dienst anstrebte.

Im Jahre 1935 mußte ich aufgrund eines Politbürobeschlusses meine diplomatische Tätigkeit wieder aufnehmen und wurde Erster Sekretär der Botschaft in Berlin. 1939, als M.M. Litwinow von seinem Posten abgesetzt wurde und die Vorbereitungen für den Hitler-Stalin-Pakt begannen (zu diesem Zeitpunkt war ich Leiter der Presseabteilung des NKID der UdSSR), wurde ich zusammen mit anderen Unschuldigen auf direkten Befehl von Berija verhaftet, in Haft gehalten, ins Lager und danach lebenslänglich in die Verbannung geschickt.

1955 wurde ich rehabilitiert und kehrte nach Moskau zurück.

KAPITEL II

Die Katastrophe

Der Abend des 2. Mai 1939

Als Leiter der Presseabteilung des NKID der UdSSR war ich verpflichtet, an verschiedenen diplomatischen Empfängen teilzunehmen. Den Abend des 2. Mai 1939 verbrachte ich bei einem Diner mit dem japanischen Gesandten Nisi.

Während des Essens wurde ich telefonisch gebeten, umgehend ins Sekretariat des Volkskommissars zu kommen. Ich antwortete, ich käme sofort nach dem Essen. Ein derartiges Telefonat war völlig ungewöhnlich. Da dieser Anruf nicht von meinem diensthabenden Zensor kam und ich nicht mit dem Volkskommissar verbunden wurde, schloß ich, daß ein Sekretariatsmitarbeiter zu eifrig gewesen sei. Nach zwanzig Minuten aber wurde ich erneut ans Telefon gerufen, das Sekretariat des Volkskommissars teilte mir mit, ich habe umgehend im Volkskommissariat zu erscheinen; dasselbe solle ich M. A. Plotkin, dem Leiter der Rechtsabteilung des NKID, ausrichten, der ebenfalls an dem Essen teilnahm. Ich entschuldigte mich beim Gesandten und sagte Plotkin, auch er müsse dringend in dienstlicher Angelegenheit dorthin.

Ich kam nach zehn Uhr abends beim NKID an. Ich erfuhr, daß im Haus des NKID eine ZK-Kommission tagte, die mit uns sprechen wolle.

Ich ging in meine Abteilung, schaute die Abendtelegramme durch und bereitete mich innerlich auf das Gespräch vor. Ich erinnere mich noch gut, daß ich über die bevorstehende Begegnung mit der ZK-Kommission zufrieden war; ich hoffte, Probleme der Arbeit mit der Auslandspresse, Probleme der Propaganda und Gegenpropaganda darlegen zu können, über die ich zahlreiche Berichte nicht nur an M. M. Litwinow, sondern auch an das ZK direkt geschrieben hatte. Daß Maxim Maximowitsch (Litwinow) vom Posten des Volkskommissars abgesetzt worden war, wußte ich nicht; das war auch gerade an diesem Tag kaum vorstellbar, hatten ihn doch alle noch während der Mai-Parade gesehen. Er saß nachdenklich und gelassen unter jener Tribüne, auf der sich Stalin und die anderen Regierungsmitglieder befanden. Zu ihnen gehörte auch Berija, der bei dieser Parade in der Uniform des NKWD protzte. Möglicherweise, so schien mir später, wußte Maxim Maximowitsch, daß sein Rücktritt bald bekanntgegeben würde und wollte mit seiner Anwesenheit bei der Parade lediglich demonstrieren, daß er in Freiheit war.

Aber ich wußte am Abend des 2. Mai 1939 nicht, daß die Katastrophe hereingebrochen war. Während ich in meinem Arbeitszimmer darauf wartete, vor die ZK-Kommission gerufen zu werden, kam der Leiter der Baltikum-Abteilung Beshanow auf einen Sprung vorbei, der ebenfalls von einem Diplomatenessen gerufen worden war. Er wollte von mir vorab Informationen erbitten, da er glaubte, es habe sich in der Außenpolitik etwas Wichtiges ereignet. Als er erfuhr, daß es keine besonderen außenpolitischen Ereignisse gab und sich unter den in das Sekretariat beorderten Mitarbeitern auch der Angehörige der Sonderabteilung Tokmakow (ein langjähriger Mitarbeiter des NKID, Ende der zwanziger Jahre war er Sekretär der Komsomol-Organisation) befand, rief Beshanow aus: „Das wird aber ernst!“ und entfernte sich eilig. Am gleichen Abend habe ich erfahren, daß Tokmakow für die geheimen Personalakten der NKID-Mitarbeiter verantwortlich war; gerade deshalb hielt der erfahrene NKID-Mitarbeiter Beshanow dessen Erscheinen zur Nachtzeit für überaus ernst. Bis zu einem gewissen Grade hatte Beshanow recht. Davon sollte er sich bald selbst überzeugen können. Er wurde, wie viele andere Mitarbeiter des diplomatischen Dienstes auch, verhaftet.

Als ich das große Arbeitszimmer des Volkskommissars betrat, stand ich vor einem Tisch, an dessen Längsseite folgende Personen saßen: in der Mitte Molotow, rechts von ihm der Vorgesetzte des INO (Auslandsabteilung) des NKWD, der berüchtigte Dekanozow, stellvertretender Volkskommissar des Auswärtigen Amtes, links von Molotow Berija und Malenkow. Rechts von Molotow, in einiger Entfernung zu Dekanozow, saß M. M. Litwinow.

Als ich mich dieser Regierungskommission gegenüber sah, wurde mir endgültig klar, daß sie im Zusammenhang mit dem Führungswechsel in das NKID gekommen war, wobei ich natürlich nicht sofort den Sinn der Ereignisse und ihre möglichen Folgen erfassen konnte. Freilich wollte ich, nachdem ich von M. M. Litwinows Abdankung erfahren hatte, mich vor dieser Kommission nicht anders verhalten, als ich es ursprünglich geplant hatte.

Ich sollte über die Arbeit meiner Abteilung berichten. Dies mußte offenbar jeder Abteilungsleiter tun. Dabei bemühte ich mich, alle Probleme zu erwähnen, deren Lösung mir dringlich erschien. Soweit ich mich erinnere, schwieg Molotow bei dieser Begegnung und machte sich die ganze Zeit Notizen. Maxim Maximowitsch hörte halb abgewandt zu und sah nur einmal in meine Richtung, nämlich als ich erklärte, zu welchen Problemen ich vom Volkskommissar persönlich Anordnungen bekommen hatte, und sagte, sie seien manchmal sehr kurz gewesen, von mir aber dennoch richtig verstanden und befolgt worden. Kaum hatte ich diesen Satz beendet, ließ Maxim Maximowitsch den Kopf wieder sinken. Offensichtlich schien es ihm zunächst, als wolle ich etwas gegen ihn und seine Führung sagen, dann aber verstand er sofort, daß ich keine derartigen Absichten hegte. Zweifellos hatten meine Vorgänger (ich war der letzte), die Gunst der Stunde nutzend, in ihrem Bericht vor der ZK-Kommission zahlreiche Angriffe gegen M. M. Litwinow gerichtet.

Dekanozow hörte schweigend zu, und auch Malenkow, damals noch ein junger Funktionär, sagte kein Wort, aber während meiner Ausführungen nahm sein Gesicht einen verwunderten, sogar ein wenig ironischen Ausdruck an, als dächte er: „Was für Sonderlinge es doch im Staatsapparat noch gibt."

Als ich über ausländische Korrespondenten sprach, rief Berija, wie es mir zunächst schien gereizt, in Wirklichkeit jedoch drohend, aus: „Darüber werden wir mit Ihnen noch reden!" Ich äußerte mich zu meinem Lieblingsthema: daß unsere Gegenpropaganda ebenso wie die Propaganda unserer Errungenschaften im Ausland lückenhaft und schlecht organisiert sei, daß ausländische Journalisten, Schriftsteller und Wissenschaftler keine Möglichkeit hätten, Informationen über unsere Erfolge zu erhalten, an deren Verbreitung uns gelegen sei. Als Beispiel nannte ich, daß ausländische Korrespondenten sich an die Presseabteilung wenden müßten, um gewöhnliche ökonomische Statistiken zu erhalten. Berija attackierte mich erneut: „So, damit haben Sie sich auch befaßt!" Diesmal war sein Tonfall eindeutig. Innerlich bereit, mich zu verteidigen, antwortete ich, da die Partei mir diesen Posten übertragen habe, müsse ich alle daraus resultierenden Verpflichtungen erfüllen, und Sinn meines Berichtes sei, die anormale Situation, die im

Bereich der Information des Auslands über unsere Erfolge entstanden sei, zu normalisieren.

Um den Lesern die Lage zu erklären, muß ich hier vom Gang der Erzählung abweichen und darauf hinweisen, daß Berija bereits am Abend des 2. Mai über ungeheuerliche „Aussagen“ gegen mich verfügte, die er wahrscheinlich persönlich am Vorabend durch Folter von einem der am 1. Mai Verhafteten erhalten hatte.

Das drängendste Problem, das ich in meinem Bericht vor der ZK-Kommission darlegte, hatte ich in meinen früheren politischen Berichten nicht erwähnt. Nun, da sich die Möglichkeit bot, vor der ZK-Kommission zu sprechen, hielt ich es für notwendig, diesen Punkt ausführlich zu erklären. Ich äußerte und begründete den Gedanken, die Zensur für ausländische Korrespondenten hätte weder Sinn noch praktische Bedeutung, mehr noch, sie sei sogar schädlich. Die ausländischen Korrespondenten hätten dank des fernmeldetechnischen Fortschritts und ständiger Kontakte mit diplomatischen Missionen die Möglichkeit, ihre Informationen auf verschiedenen Wegen an der Zensur vorbeizuschmuggeln. Also schlug ich vor, die Zensur abzuschaffen. Sie war mir grundsätzlich zuwider, meine Argumentation vor der Kommission jedoch blieb streng pragmatisch.

Nachdem ich diese „aufrührerischen“ Gedanken geäußert hatte, nahm Molotows Gesicht einen noch unzufriedeneren Ausdruck an, und er machte sich gleichzeitig Notizen. Malenkow blickte offenbar verwundert auf, während Berija die Gefühle der Kommissionsmitglieder äußerte, als er empört aufschrie: „Sie erzählen da Sachen, die selbst ein Politbüromitglied nicht zu sagen wagt!“ Dieses eigenartige Kompliment habe ich mir mein Leben lang gemerkt.

In die Presseabteilung zurückgekehrt, erfuhr ich, daß der diensthabende Zensor von den ausländischen Korrespondenten mit sensationellen Telegrammen über den

Rücktritt des Volkskommissars für Auswärtige Angelegenheiten der UdSSR überhäuft wurde. Einige Korrespondenten bemühten sich darum, mit mir zu sprechen. Ich beschloß, dies nicht zu tun, obwohl ich an Tagen großer Ereignisse mit besonders wichtigen Journalisten zu sprechen und den Zensoren zu helfen pflegte. Dennoch schien mir, daß ich gerade an diesem Abend die Korrespondenten nicht völlig meiden dürfe, da dies Anlaß zu unerwünschten Spekulationen geben würde. Ohne Anordnungen würde der Zensor kein einziges Telegramm über Litwinows Rücktritt freigeben; das aber, so vermutete ich, würde schädliche Folgen haben; die Weltpresse würde sofort Krach schlagen, von der „Ratlosigkeit in Moskau" und sogar von einer „Krise" schreiben. Es war meine dienstliche Pflicht, einer solchen Situation vorzubeugen.

An diesem Abend gab es niemanden, mit dem ich mich hätte beraten können. Litwinow war dabei, sein Amt zu übergeben, Molotow, es zu übernehmen; der Vertreter des Volkskommissars war nicht in Moskau. Ich durfte indessen keine Zeit verlieren, denn die Korrespondenten hatten natürlich schon Verbindung mit den Hauptstädten der Welt aufgenommen, und die diplomatischen Missionen formulierten bereits die chiffrierten Telegramme.

So war am späten Abend des 2. Mai eine eigenartige Situation entstanden: Ob die Weltpresse behaupten würde, es habe am Tage von Litwinows Rücktritt in Moskau Irritationen gegeben, hing davon ab, wie sich jemand ohne unmittelbaren Einfluß auf die staatlichen Angelegenheiten verhalten würde, ob der nächste Mitarbeiter des abgesetzten Litwinow unentschlossen sein würde. Wie immer wollte ich auch jetzt nicht, daß die Ereignisse im Ausland ein für den Sowjetstaat unangenehmes Echo hervorriefen und beschloß, auf eigene Faust zu handeln.

Doch ich wählte eine Form, die mich weniger verpflichtete. In Hut und Mantel ging ich in den im ersten Stock gelegenen Zensurraum, der einen Ausgang direkt zur Straße hatte. Die erregten Korrespondenten überschütteten mich sofort mit Fragen. Ich verwies darauf, daß ich nicht bevollmächtigt sei, Litwinows Rücktritt zu kommentieren, und nur kurz vorbeigekommen sei, um dem Zensor behilflich zu sein und die Absendung der Depeschen zu erleichtern. Dennoch wurden mir Fragen gestellt, die ich jedesmal mit dem Vorbehalt beantwortete, nur meine persönliche Meinung zu äußern. Die Korrespondenten waren nicht aufdringlich und gaben sich mit den Antworten auf – soweit ich mich erinnere – im wesentlichen zwei Fragen zufrieden.

Die erste war von größter Wichtigkeit: „Bedeutete Litwinows Rücktritt eine Änderung der Außenpolitik der UdSSR?“ Ich antwortete, nicht einzelne Volkskommissare bestimmten die Politik der UdSSR, sondern das ZK sowie die höchste Parteiführung, daher bedeute ein Wechsel der Personen keine Änderung der Politik. Im Prinzip war dies eine richtige Antwort, und ähnliche Erklärungen wurden von unseren Diplomaten vermutlich häufig gegeben.

Meine Antwort war auch aus taktischen Erwägungen richtig, wenn man den Standpunkt der Regierung berücksichtigt, den zu vertreten ich für meine Pflicht hielt. Obwohl Stalin in jenen Tagen tatsächlich eine Wendung in der sowjetischen Außenpolitik plante, mußte er zu diesem Zeitpunkt seine Absichten nicht offenlegen. Die neuen Verhandlungen mit England und Frankreich standen noch bevor, der unmittelbare Kontakt mit Hitler war noch nicht zustandegekommen. Daß ich die Situation intuitiv richtig einschätzte, wird auch daran deutlich, daß das Telegramm, das kurz darauf an einige Botschaften geschickt wurde und von Stalin unterschrieben war, darauf hinwies, Litwinows Absetzung bedeute keine Veränderung der Politik, sie liege im wesentlichen in Meinungsverschiedenheiten mit Molotow hinsichtlich Personalfragen begründet. So verwies Stalins listiges Telegramm indirekt darauf, daß Molotows Führungsantritt beim NKID der UdSSR mit der geplanten Entfernung des alten Personals verbunden war, an der Litwinow nicht teilnehmen wollte. Obwohl Stalin zu verheimlichen suchte, daß Litwinows Absetzung vom Posten des Volkskommissars und die Beseitigung jener Diplomaten, die eine aktive, antifaschistische Politik betrieben, eine Vorbereitung für das Abkommen mit Hitler waren, verstanden die ausländischen Diplomaten dies gleichwohl, und die deutsche Botschaft in Moskau rechnete bereits seit längerer Zeit – etwa seit Herbst 1938 – mit einer Änderung in der Außenpolitik durch die Beseitigung von M. M. Litwinow und seinen engsten Mitarbeitern.

Zurück zu meinem Gespräch mit den ausländischen Korrespondenten am 2. Mai 1939. Die zweite Frage, die ich beantworten sollte, war etwas taktlos: Ob Molotow sich in der internationalen Politik auskenne, und ob er Fremdsprachen beherrsche. Ich antwortete, Molotow gehöre zu den bedeutendsten Männern des Staates, dem die wichtigsten Probleme, so auch die der Außenpolitik, natürlich vertraut seien.

Nachdem ich die Telegramme beglaubigt hatte, kehrte ich in die Presseabteilung zurück und diktierte einen detaillierten Bericht über den Inhalt der Telegramme der ausländischen Korrespondenten, sowie über deren Fragen und meine Antworten. Ich sandte meinen Bericht in das Arbeitszimmer, wo der ZK-Ausschuß noch tagte.

Der Leser wird im folgenden verstehen, warum ich meine Begegnung mit den Korrespondenten so ausführlich geschildert habe.

Wenige Minuten nach der Übergabe meiner Notiz

wurde ich ins Arbeitszimmer der ZK-Kommission gerufen. M. M. Litwinow war nicht mehr da. Die Kommissionsmitglieder unterhielten sich gerade lebhaft und laut, verstummten aber, als ich erschien. Berija schaute mich durch seinen Kneifer sehr unfreundlich, ja sogar schadenfroh an. Molotow, sichtlich erregt, stand am Tisch. Hätten ihn die ausländischen Korrespondenten in dieser Minute gesehen, sie hätten doch telegrafieren können: „Moskau ist ratlos". Mit meiner Notiz wedelnd, schrie Molotow mich wütend an. Er drückte sich vulgär aus. Sinn seiner Worte war, ihm falle Herkules' Rolle im Augiasstall zu. „Wir brauchen Ihre Empfehlungen nicht", schrie Molotow. Die Szene, die sich im Kabinett der ZK-Kommission abspielte, beeindruckte mich natürlich sehr. Ich konnte damals nicht sicher sein, keinen Fehler begangen zu haben, begriff jedoch, daß ich „in Ungnade" gefallen war. Ich nahm an, ich würde entlassen werden, nicht als Strafe, sondern, weil der Leiter der Presseabteilung ein vertrauter und enger Mitarbeiter des Leiters der Außenpolitik sein muß.

Am 2. Mai und in den darauffolgenden Tagen vermutete ich jedoch nicht, meine dienstliche Begegnung mit den ausländischen Korrespondenten im Zensurraum könne Anlaß zu der Legende sein, ich hätte das Interview mit einer bestimmten politischen Tendenz gegeben. Auch konnte ich nicht voraussehen, daß dieses Interview zu meiner Verhaftung führen würde. Erst als ich 17 Jahre später nach Moskau zurückkehrte, erfuhr ich, daß einer der Gründe für diese Lüge ein interner TASS-Bericht war, der eine bewußt verdrehte, verleumderische Darstellung der in Wirklichkeit korrekten Information der ausländischen Korrespondenten enthielt. TASS-Leiter war zu jener Zeit ein Malenkow nahestehender Mann. Ich selbst erfuhr von meinem angeblich sensationellen Interview und dessen herausragender Bedeutung zuerst von einem Journalisten, der Ende 1939 eine Gefängniszelle mit mir teilte. Bei meinem Wiedersehen nach einigen Jahren im Lager fragte mich meine Frau vorsichtig, ob ich irgendein strittiges Interview gegeben hätte, und erzählte mir von Gerüchten, die in Moskau weitverbreitet seien. So hatte zum Beispiel der Rechtsanwalt meiner Frau gesagt, ich hätte den Auslandskorrespondenten erklärt, Molotow könne kein Englisch, und „das hätte man nicht tun dürfen".

Am Abend des 2. Mai sah ich die folgenden tragischen Ereignisse in meinem Leben nicht voraus, aber als ich in der Nacht das schon in der Dunkelheit versinkende Gebäude des NKID verließ, war ich in unguter Stimmung.

KAPITEL III

Die Verhaftung und ihr Vorspiel

Weitere Tatsachen im eigentlichen Sinne des Wortes gibt es nicht mehr viele, wenn ich an mein Leben vor der Verhaftung denke. In den ersten Tagen nach dem Wechsel des Volkskommissars wandten sich viele dienstlich an mich, um herauszufinden, ob der Arbeitskontakt mit mir für sie wertvoller geworden sei; leitete doch jetzt der zweite Mann im Lande das NKID. Einige Tage lang befand ich mich im Zentrum sensationeller Ereignisse. Danach bildete sich langsam ein Vakuum um mich.

Zwei Tage nach dem Bericht vor der ZK-Kommission verlief irgendeine Besprechung mit meinen Referenten in einer sehr düsteren Atmosphäre, da meine jungen Mitarbeiter mich als Schwerkranken erachteten, auf den sie sich nun beim ersten Signal stürzen würden. Dann aber läutete plötzlich das Regierungstelefon, und zur Verblüffung der Anwesenden sprach Molotow selbst freundlich mit mir. Tatsächlich nannte mich Molotow beim Vornamen und sagte ungefähr folgendes: „Wir haben hier beschlossen, Ihren Vorschlag anzunehmen und die Zensur abzuschaffen. Sind Sie nun zufrieden?“ Ich hörte im Hintergrund Stimmen und schloß daraus, daß Molotow direkt aus Stalins Arbeitszimmer sprach. „Wir haben hier beschlossen...“ Ich war wirklich zufrieden.

Meine Vermutung war richtig. Nur Stalin persönlich konnte bewilligen, was nach Berijas Worten selbst ein Mitglied des Politbüros nicht zu sagen gewagt hätte.

Telefonisch diktierte Molotow mir eine Erklärung, die ich an die ausländischen Korrespondenten weitergeben sollte. Natürlich war darauf hinzuweisen, daß eine solch sensationelle Maßnahme auf persönliche Anordnung des neuen Volkskommissars für Auswärtige Angelegenheiten getroffen worden sei; sie sei eine seiner ersten Amtshandlungen. Die vollzählig in meinem Arbeitszimmer versammelten Auslandskorrespondenten waren auf jede Neuigkeit gefaßt, nur nicht darauf, daß die Zensur abgeschafft wurde. Die Fragen der verwunderten Journalisten betrafen lediglich die Neuordnung der Einreichung von Telegrammen und die Verantwortung der Korrespondenten. Henry Shapiro (damals Korrespondent für Reuter) fragte, ob die Zensur auch für die sowjetischen Zeitungen aufgehoben sei. Soweit ich mich erinnere, antwortete ich, meine Vollmacht betreffe nur die Tätigkeit der ausländischen Korrespondenten.

Wieder verfaßte ich einen Bericht über mein Gespräch mit den Korrespondenten, diesmal aber in der Befürchtung, dies könne neue Unzufriedenheit hervorrufen. Jetzt sagte mir meine Intuition nicht mehr, was richtig und was falsch sein könnte. Diesmal aber ging alles gut. Die im Mai 1939 erstmals in der Geschichte des Sowjetstaates erfolgte Abschaffung der Zensur war nicht von langer Dauer. Nach einigen Monaten, vermutlich gleich nach dem Beginn des Krieges, wurde sie wieder eingeführt. 1961 wurde die Zensur für Telegramme der Auslandskorrespondenten abgeschafft, offensichtlich erinnerte sich jedoch niemand daran, daß eine solche Maßnahme vor dem Zweiten Weltkrieg schon einmal getroffen worden war.

Nach meinem Gespräch mit den Korrespondenten übergab ich Molotow durch einen Sekretär den Entwurf der chiffrierten Telegramme, mit denen unsere Botschafter über die Abschaffung der Zensur informiert wurden. Molotow rief mich in sein Arbeitszimmer und begrüßte mich, als sei nichts passiert, mit Handschlag. Die Telegramme wurden ohne die geringsten Korrekturen unterschrieben. Der Volkskommissar sprach distanziert, aber freundlich mit mir. Ich glaubte, der Alptraum sei vorbei, jetzt herrsche wieder normaler Alltag. Doch der Alptraum hatte noch nicht begonnen.

Bald darauf sagte mir Dekanozow, mein Stellvertreter werde entlassen. Natürlich blieb mir nur, diese Mitteilung der neuen Leitung zur Kenntnis zu nehmen. Dennoch erwähnte ich G. N. Schmidts Qualitäten und bat, mir einen Mitarbeiter zuzuteilen, der über ähnliche Qualifikationen, insbesondere über Verwaltungskenntnisse, verfüge. „Ich bin ein schlechter Verwaltungsfachmann", fügte ich hinzu, denn derartige Aufgaben hatten mir nie gelegen. Dekanozow erwiderte: „Ich weiß nicht, was für ein Verwaltungsfachmann Sie sind, aber ich habe gehört, Sie seien ein guter Organisator". Als ich im Gefängnis den Bericht über meine angeblichen „verbrecherischen" Taten las, der just von Dekanozow stammte, verstand ich, daß Dekanozow mit dieser Bemerkung versucht hatte, scharfsinnig und „subtil", wie er meinte, anklingen zu lassen, er wisse von meiner „Verbindung zur antisowjetischen Organisation". Es ist schwer verständlich, warum dieser böse Mensch eine solche Andeutung machte. Wollte er mich einschüchtern, oder war seine Eitelkeit der Grund?

Aus diesem Gespräch mit Dekanozow zog ich, im Licht der weiteren Ereignisse, einfach lächerliche Schlußfolgerungen. Ich sagte meiner Frau, ich würde wahrscheinlich meine frühere journalistische Tätigkeit schon bald wieder aufnehmen, da die neue Führung mich durch einen ihrer Männer ersetzen und mich für die journalistische Tätigkeit freigeben würde, „sobald ich einen Nachfolger eingearbeitet habe". Ich berichtete dies, wie auch vieles andere, so naiv, um die Psychologie der Menschen zu beleuchten, die den Repressalien zum

Opfer fielen, und auch, um auf diese Weise den Mechanismus der Repressalien leichter verständlich zu machen. Ich habe, nebenbei gesagt, bemerkt, daß die heutigen Leser grundlos mißtrauisch werden, wenn sie in J.G. Ehrenburgs Memoiren von der Naivität lesen, die vernünftige und informierte Menschen damals an den Tag legten.

Einige Tage später erzählte man mir, Molotow sei bei einem Rundgang im Volkskommissariat, an der Tür zur Presseabteilung vorbei, in eine andere Abteilung weitergegangen. Dies wurde als schlechtes Omen gedeutet. Nun befand ich mich endgültig in einem Vakuum. Kurz darauf besuchte mich der Leiter der Rechtsabteilung, M. A. Plotkin, und erzählte, Molotow habe ziemlich lange bei ihm verweilt und sich einen Bericht über die Arbeit der Rechtsabteilung angehört. Durch dieses Gespräch mit mir, dem von Molotow nicht besuchten Abteilungsleiter, hoffte M. A. Plotkin, sich davon überzeugen zu können, daß Molotow ihm persönlich seine Gunst bewiesen hatte. Der arme Mark Abramowitsch wußte nicht, daß diese „Gunst“ seine Verhaftung nur um einige Wochen verzögern sollte. (Wie mir seine Frau erst kürzlich erzählt hat, befahl Molotow am Morgen nach Plotkins Verhaftung diesen zu sich und war äußerst verärgert darüber, daß Plotkin nicht zu Hause war. Beim zweiten Telefonat soll Frau Plotkin wütend ausgerufen haben: „Fragen Sie doch Ihren Volkskommissar, wo Plotkin jetzt ist!“)

Rehabilitiert nach Moskau zurückgekehrt, erfuhr ich von B. Stein, daß M. M. Litwinow im Mai 1939, bei seiner Amtsübergabe an Molotow, Plotkin und mich als die fähigsten Mitarbeiter des zentralen NKID-Apparates genannt hatte. Als Maxim Maximowitsch von meiner Verhaftung hörte, war er verbittert und beschuldigte sich selbst. Nach den Worten B. E. Steins glaubte er, Molotows Mißgunst mir gegenüber verursacht zu haben, indem er sich lobend über mich geäußert hatte, woraufhin Molotow beschlossen habe, mich durch eine schnelle Verhaftung loszuwerden. In Wirklichkeit waren andere Motive ausschlaggebend. Die Darstellung jedoch, die B. E. Stein von Litwinows Reaktion auf meine Verhaftung gab, macht deutlich, daß nicht nur Romantiker oder uninformierte Menschen, sondern auch ein überaus nüchtern denkender Mensch wie M. M. Litwinow sich die Verbrechenspsychologie und den Mechanismus der Kadervernichtung in der Stalin-Zeit nicht vorstellen konnte.

Am 8. und 9. Mai kam das Parteibüro-Mitglied Solod zu mir. Mit unverhohlener Erregung und erstaunlich plump, ohne jede glaubwürdige Begründung, die nicht so schwer zu finden gewesen wäre, lockte er mich zu einer Sitzung des Parteibüros. Es war mir klar, daß mich die Mitglieder des Parteibüros überraschen und unter neuen Bedingungen das tun wollten, was ihnen bislang nicht gelungen war: mich aufgrund verleumderischer Beschuldigungen aus der Partei auszuschließen.

Am 10. Mai 1939 bat mich Dekanozow, um zehn Uhr abends bei ihm zu erscheinen. Im Laufe des Tages hatte ich beim Sekretär des Volkskommissars hineingeschaut, ihn völlig allein angetroffen und ihn gebeten zu klären, wie die Entscheidung des Volkskommissars über einen meiner Berichte sei. Als Molotows Sekretär zurückkam, teilte er mir mit, wobei er seine Verwunderung nicht verbarg, der Volkskommissar wolle mich sehen. Im kleinen Arbeitszimmer, wo ich früher von Litwinow empfangen worden war, stand Molotow hinter dem Schreibtisch an der Wand, die Hände auf dem Rücken. Dieses Mal erfolgte kein Händedruck. Er betrachtete mich aufmerksam und mit einer, wie mir schien, unverständlichen Neugierde. Nachdem er einige dienstliche Fragen gestellt hatte, wiederholte er nachdenklich eine meiner Antworten, als wolle er mich prüfen. Nachdem ich sagte, ich sei am Abend bei seinem Stellvertreter, entließ er mich.

Am frühen Abend ging ich zum Zentralen Telegrafenamt und schaute die mir vorgelegten Telegrammformulare mit den Nachrichten der Auslandskorrespondenten durch, die jetzt aufgrund meiner eigenen Initiative ihre Informationen unabhängig von der Presseabteilung durchgaben. Plötzlich traten drei atemlose Männer in den absolut stillen Raum. „Ach, hier sind Sie!“ rief einer von ihnen völlig sinnlos aus. Er nahm sofort den Hörer ab, rief Dekanozow an, berichtete: „Gnedin ist hier im Telegrafenamt“ und reichte mir den Hörer. Dekanozow drückte sein Erstaunen darüber aus, daß ich noch nicht bei ihm erschienen sei. Ich wies ihn darauf hin, daß es noch nicht zehn Uhr sei und sagte, ich käme sofort.

In Begleitung der drei Subjekte ging ich zum Ausgang. Während ich telefonierte, hatten diese „zur rechten Zeit herbeigeeilten Mitarbeiter“ ungeduldig gewartet. Jetzt aber konnten sie ihre Aufdringlichkeit mit gespielter Höflichkeit nur mühsam verbergen und schlugen mir vor, in ihrem Auto mitzufahren. Ich antwortete, mein Auto warte auf mich.

Das Gebäude des NKID war an diesem Abend dunkel und ruhig, aber nicht ganz menschenleer. Das gewöhnliche Leben stand still, irgendwelche kaum wahrnehmbare Anzeichen jedoch verrieten, daß Unruhe im Haus herrschte. Auf der Treppe begegnete mir der sichtlich besorgte Leiter der Finanzabteilung des NKID, neben ihm ging ein Unbekannter. Es war nicht zu erkennen, daß ich einen verhafteten NKID-Mitarbeiter getroffen hatte, der von einem NKWD-Agenten ins Gefängnis begleitet wurde. Ich ging in mein Zimmer und fragte die Diensthabende, wo mein Stellvertreter sei. „Er ist oben“, sagte das Mädchen ungewöhnlich mürrisch. „Wahrscheinlich doch wohl unten“, sagte ich und meinte das Arbeitszimmer von Dekanozow, das zwei Etagen tiefer lag. Es folgte eine rätselhafte Antwort: „Das ist doch jetzt ganz egal, ob oben oder unten."

Diese intelligente junge Frau war mir nicht zugewiesen worden, ich selbst hatte sie aufgrund einer Empfehlung eingestellt. Gleichwohl traute sie sich nicht, mir zu sagen, daß mein Stellvertreter gerade in seinem Arbeitszimmer verhaftet worden war. Ich erriet das nicht, doch dies sollte nicht als befremdliches Zeichen meiner Blindheit ausgelegt werden. Selbst zynischere und informiertere Leute als ich hatten nicht angenommen, daß Molotow und Dekanozow ohne weiteres die Mitarbeiter des Auswärtigen Dienstes nachts im NKID sammeln würden, als sei dieses Gebäude eine Etappenstation zum Abtransport von Verhafteten ins Gefängnis.

Ich hatte keine Zeit, über das Verhalten der diensthabenden Sekretärin nachzudenken. Ich eilte „nach unten", zum Stellvertreter des Volkskommissars. Auch hier im Sekretariat war es dunkel, es brannte nur die Schreibtischlampe des Sekretärs, es war still und trügerisch leer. Der mir unbekannte diensthabende Sekretär bestätigte mir, daß der stellvertretende Volkskommissar des Auswärtigen Amtes mich erwarte. Ich öffnete die mir vertraute Tür. Vor mir auf der Schwelle stand ein Unbekannter in Zivilkleidung, er richtete eine Pistole direkt auf meine Brust. „Sie sind verhaftet", sagte er und betastete mit schnellen professionellen Bewegungen seiner freien Hand die Taschen meines Jacketts und meiner Hosen. Zum erstenmal erlebte ich, was die Redewendung „schwarz vor Augen" praktisch bedeutet. Ich machte einige Schritte durch die Tür des Zimmers. Hinter dem großen Schreibtisch thronte Dekanozow, immer noch mit einem dümmlichen, gleichgültigen und gelangweilt drohenden Gesichtsausdruck. Unerwartet für mich selbst sagte ich, den Agenten zur Seite schiebend: „Geht es denn nicht ohne diese fieberhafte Nervosität?!" Dekanozow forderte die Schlüssel für den Safe in meinem Arbeitszimmer (der in der Regel leer war). Ich begann, den gesamten Inhalt meiner Taschen dem neuen stellvertretenden Volkskommissar für auswärtige Angelegenheiten auf den Tisch zu werfen: Brieftasche, Schlüssel, Portemonnaie, Notizen, die ich mir beim Lesen der Telegramme gemacht hatte. Diese Blätter nahm Dekanozow hastig an sich, die Zigarettenschachtel gab er mir zurück; ich glaube, ich habe sie auf den Tisch zurückgeworfen.

Danach reichte mir Dekanozow einen leeren Briefumschlag und forderte mich auf, meine Adresse darauf zu schreiben. In diesen Briefumschlag steckte er meine Wohnungsschlüssel. Später erzählte mir meine Frau, sie habe den von mir adressierten Umschlag in den Händen des Durchsuchungsbeamten gesehen, sei auf ihn zugestürzt und habe ausgerufen: „Ein Brief für mich! Geben Sie her!“ Der habe seelenruhig den Schlüssel aus dem Kuvert genommen und ihr gezeigt, daß es leer war: „Es gibt keinen Brief.“ Den Briefumschlag hat meine Frau bis heute aufbewahrt.

Von Dekanozows Zimmer ging ich, von dem Agenten begleitet – er hatte sich beruhigt, da er merkte, daß ich keinen Widerstand leisten würde – in mein Zimmer, nahm meinen Mantel und sagte zu der Sekretärin: „Heutc komme ich nicht mehr wieder.“ Sie senkte den Kopf und versuchte, ihre Tränen zu verbergen. Aus einer der Zimmertüren schaute der Mitarbeiter der Presseabteilung Jaroschewski, der um diese Zeit dort eigentlich nichts zu suchen hatte.

Wie der Leiter der Finanzabteilung, dem ich zuvor auf der Treppe begegnet war, ging nun auch ich freien Schrittes wie ein geschäftiger Mann zusammen mit einem Begleiter auf die Straße hinaus. Wir blieben vor einer kleinen, unauffälligen Tür des NKWD stehen, die ich früher nie beachtet hatte. Am Eingang fragte der

Agent schnell: „Haben Sie ein Sommerhaus, ein Auto?" „Jetzt fehlt mir vor allem das Sommerhaus", antwortete ich. In dem Augenblick dachte ich, er werde in meine Wohnung gehen, um eine Hausdurchsuchung durchzuführen. „Werden Sie meine Frau aufsuchen?" fragte ich und sagte dann mit jener dem Betrunkenen eigenen deutlichen Betonung, die ihn glauben läßt, er sei völlig nüchtern, obwohl er nur sinnlose Worte spricht: „Sagen Sie ihr, daß mein Antlitz leuchtete!" Es ist mir peinlich, mich an diese Rezitation zu erinnern, aber dies war wirklich, was ich sagte. Offensichtlich hatte ich bei dem Gedanken an meine Frau und meine Tochter für einen Augenblick die Kontrolle verloren.

Direkt von der Straße aus betraten wir einen kleinen Raum, der an eine Paketabfertigung erinnerte. Aber hier wurden keine Pakete angenommen, hier wurden Menschen wie Pakete abgefertigt. Der Agent bekam eine Empfangsbestätigung und ging. Er hatte mich am Gefängnisfließband abgeliefert. Mein erstes Leben war zu Ende.

KAPITEL IV

Die Folter

Die Gemütsbewegungen eines Sowjetbürgers, der in der Stalinzeit sofort nach der Verhaftung in das Gebäude des NKWD geriet, lassen sich mit dem Sturz in die Hölle vergleichen, wobei man an dem traditionellen Bild der Hölle eine kleine Korrektur anbringen muß. Die von der Kirche verdammten Sünder wußten um ihre Sündhaftigkeit und waren darauf vorbereitet, die Qualen für ihre Vergehen auf sich zu nehmen. Wie aber mußte sich ein Gerechter fühlen, der glaubte, ins Paradies zu gehören, sich nun aber im „Fegefeuer" wiederfand.

Vielen unschuldig Verhafteten, die in das Innere Gefängnis des NKWD gerieten, schien es in der Tat, als sei das „Ende der Welt" gekommen. Welchen Eindruck die Manipulationen, denen der Verhaftete unterworfen wurde, auf einen frisch Eingelieferten machten, und nach den Absichten der Henker auch machen sollten, zeigt folgende Geschichte: Ein junger Oberst erschien blaß und zitternd in der Zelle, nachdem in der Kommandantur des Inneren Gefängnisses alle ihn betreffenden „Formalitäten" erledigt worden waren, denn er hatte bis zur Einlieferung in die Gefängniszelle nicht daran gezweifelt, daß er ohne Untersuchung und Gerichtsurteil sofort hingerichtet werden würde. Diese Geschichte kursierte in den Gefängnissen als Witz *.

* Geschrieben, bevor ich A. J. Solschenizyns Buch „Der erste Kreis der Hölle" las.

Zunächst wurde ich nackt einer solch gründlichen Körperuntersuchung unterzogen, als sei bekannt, daß ich irgendwo Brillanten versteckt habe, dann brachte mir der Kommandant „Klavierspielen“ bei – so hieß im Gefängnis die korrekte Handhaltung beim Fingerabdruck. Schließlich ging ich mit den mir nach sorgfältiger Untersuchung zurückgegebenen Kleidern unter Bewachung durch, so schien mir, mehrere Kellerräume. In einem dieser Keller befand sich ein sichtlich mit Arbeit überlasteter müder Photograph. Man setzte mich auf einen Stuhl mit hoher Lehne und hängte mir ein Erkennungsschild um. Der Photoapparat stand auf einem Dreifuß, der Photograph war unter einem über den Apparat gebreiteten schwarzen Tuch versteckt, und ich mußte unwillkürlich daran denken, wie man mich in meiner früheren Kindheit photographiert hatte. Nur kündigte mir diesmal der Photograph nicht an, es werde gleich ein Vögelchen aus dem Photoapparat herausfliegen ...

Später habe ich dieses Bild in meiner Akte gesehen. Ich sehe darauf aus wie ein soeben eingefangener, immer noch gefährlicher, aber fröhlicher Irrer.

Nach dem Photographieren führte man mich die Treppe hinauf in den, wie ich später erfuhr, fünften Stock des Inneren Gefängnisses des NKWD. Dies war ein auf das alte Gebäude aufgesetzter Bau. Im Unterschied zu den unteren Stockwerken war dieser fünfte Stock ein sehr modernes, wenn auch kleines Gefängnis. Inmitten eines hohen fensterlosen Raums führte eine Treppe zu einer an drei Wänden entlanglaufenden Galerie hinauf, von der die Zellentüren abgingen, unten befanden sich an den Wänden einige Türen mit Gucklöchern.

Als ich die Schwelle des Gefängnisses überschritt, traf ich auf eine fast irreale Atmosphäre. In dem schlecht beleuchteten, auf den ersten Blick leeren Raum gingen

Leute in Militäruniform, aber mit Filzpantoffeln umher. Es herrschte eine vollkommene, aber sonderbare Stille, da sich irgendwo in der Tiefe dieser Stille schwach wahrnehmbare Laute und Geräusche verbargen, deren Quelle unsichtbar blieb. Von Zeit zu Zeit ertönte ein lautes Schnalzen. Zum erstenmal hörte ich, wie die Wächter mit der Zunge oder den Fingern schnalzten oder mit dem Schlüssel gegen die Gürtelschnalle schlugen, um zu signalisieren: „Ich führe einen Gefangenen." So wurde ein Zusammentreffen der Häftlinge vermieden. Der Wächter, der als erster das Signal gegeben hatte, setzte seinen Weg fort, die anderen blieben hinter einer Ecke stehen oder versteckten ihren Häftling in einem der Schränke, die für diese Zwecke entlang der Flure aufgestellt worden waren.

Man hatte mich in eine Zelle im unteren Gefängnisteil gebracht. Die Glühbirne über der Tür war so angebracht, daß ihre Strahlen in die Tiefe des Raumes drangen und ein trübes Licht in die recht enge Zelle mit drei Schlafstellen warfen; zwei waren besetzt, die dritte wartete auf mich. Sobald der Riegel zuschnappte, kamen mir zwei Gespenster, zwei bleiche Männer in Unterwäsche, entgegen. Die erste Frage lautete: „Von draußen?", die zweite: „Stimmt es, daß ein neues Strafgesetz erlassen worden ist?" So hörte ich bereits in den ersten Minuten meiner Haft die Frage, die in den folgenden anderthalb Jahrzehnten in meiner Anwesenheit mehrfach gestellt und diskutiert wurde. Wie viele Menschen hegten die Hoffnung, der Gesetzlosigkeit würde ein Ende gemacht – und zwar einfach durch den Erlaß eines neuen Strafgesetzes.

Ich antwortete, für diese Probleme hätte ich mich nicht interessiert. „Im übrigen", fügte ich würdevoll hinzu, „weiß ich nicht, mit wem ich spreche." Dieses Mal waren es nicht, wie bei meiner Verhaftung, die Henkersknechte, sondern deren Opfer, die begriffen, daß sie es mit einem naiven Neuling zu tun hatten. Meine Nachbarn brachen das Gespräch ab und legten sich auf ihre Pritschen. Währenddessen begann ich, die an der Wand hängende, eingerahmte „Hausordnung in den Gefängnissen“ zu lesen. Das Wort „Gefängnis“ traf mich schmerzlich. „Ich bin also tatsächlich im Gefängnis!“ Aber ein Schutzreflex lenkte meine Reaktion in ruhigere Bahnen. „Ich war noch nie in einem Gefängnis. Das kann interessant werden.“ Ich versuchte, mich auf der Pritsche einzurichten und mich mit folgender Hypothese zu beruhigen: Ich bin in diese höchst mißliche und schwierige Lage geraten, weil man irrtümlicherweise annimmt, ich wüßte irgendwelche Einzelheiten über die Arbeit des NKID vor dem Führungswechsel, die ich unter normalen Bedingungen nicht preisgeben werde. Kurzum, man wird mich prüfen. Ich werde diese Prüfung bestehen und dann freigelassen...

Danach passierte etwas Unglaubliches. Ich legte mich auf meine erste Gefängnispritsche und schlief sofort ein.

Gegen drei Uhr morgens weckte mich der Aufseher: „Zum Verhör, dalli!“ Zwei Wächter hielten meine auf den Rücken verschränkten Arme und führten mich die Treppe hinunter. An einer vergitterten Tür wurden die Papiere geprüft, und man brachte mich in einen Korridor des Hauptgebäudes. Wir kamen in irgendein Büro; trotz der späten Stunde ging es dort lebhaft zu, eine Schreibmaschine klapperte, Beamte telefonierten, keiner beachtete einen verschlafenen und aufgeregten Mann in Begleitung der Wächter. Die Wächter öffneten eine typische lederbezogene Tür zu einem Empfangszimmer und führten mich in einen großen Raum mit Fenstern, deren Gardinen zugezogen waren. Man ließ mich auf einem Stuhl mitten im Zimmer Platz nehmen.

Vor mir an einem soliden Schreibtisch thronte der damalige Leiter der Sonderuntersuchungsabteilung des

NKWD der UdSSR Kobulow, der, wie auch Dekanozow, im Jahre 1953 mit Berija erschossen wurde. Dekanozow ließ mich verhaften.

Kobulow beendete ein Telefongespräch. Sein letzter Satz klang ungefähr so: „Der sitzt schon und schreibt, ja, ja, der schreibt schon, wie denn sonst!“ Kobulow lachte fröhlich und selbstzufrieden. Es handelte sich anscheinend um einen vor kurzem Inhaftierten, der seine Aussage machte. Kobulow wandte sich zu mir um und machte ein drohendes Gesicht. Ohne wegzuschauen, begann er, seine Pfeife mit Tabak aus einer hohen Dose der Firma „Prince Albert“ zu stopfen. Ich war selbst Pfeifenraucher und schätzte diesen ausgezeichneten amerikanischen Tabak, der in Moskau nicht zu bekommen war.

Sofort nach den einleitenden formalen Fragen zur Person erklärte Kobulow: „Sie sind als Spion verhaftet“, ich glaube, er sagte dann noch: „ein wichtiger Spion“. Meine Antwort habe ich mir gut gemerkt: „Der Name Spion wird nicht an mir haften bleiben.“ Dieser herausfordernde Satz war nicht improvisiert, ich hatte mich schon früher darauf vorbereitet, wie ich einer Beschuldigung wegen Spionage begegnen könnte, gleichgültig, wo sie ausgesprochen werden würde – im Parteikomitee oder anderswo. Im Laufe von zwei Jahren war ich in Versammlungen oft genug Zeuge geworden, wie NKID-Mitarbeiter, denen Parteiausschluß und Verhaftung bevorstanden, der Beziehungen zu „Spionen“ beschuldigt wurden. Auch die Zeitungen waren voll von solchen Beschuldigungen.

Laut und drohend erklärte mir Kobulow, ich sei entlarvt und werde bald erschossen.

Kobulow meinte, mich genügend eingeschüchtert zu haben und verlangte von mir, ihm über „meine Verbindungen zu Feinden des Volkes“ zu erzählen. Ich wies auch diese Beschuldigung zurück, aber in meinem Eifer,

Unschuld und Selbstbewußtsein zu demonstrieren, machte ich einen Fehler (oder eine Dummheit), der mir und anderen Menschen hätte schaden können. In der Überzeugung, ich sei im Recht und meine Freunde und Kameraden völlig unschuldig, sagte ich übermütig, ich sei bereit, die Namen aller meiner verhafteten Freunde und Mitarbeiter zu nennen. Sichtlich zufrieden nahm Kobulow den Füller und begann, die von mir genannten Namen aufzuschreiben. Manchmal betonte ich: „Diesen Namen müssen Sie unterstreichen, das ist ein guter Freund von mir." Bereitwillig und eilig unterstrich Kobulow den Namen. Es waren, wenn ich mich recht erinnere, mehr als zehn Namen.

Mein Fehler bestand in Folgendem: Erstens war unter den von mir genannten Kameraden vielleicht einer, der gezwungenermaßen gegen mich aussagte (und tatsächlich gab es einen); dies bedeutete, daß ich „den Kontakt zu ihm zugegeben hatte", und dieser seinerseits in einer von der Folter diktierten Situation über die „Verbindungen" zu mir berichten mußte. Zweitens war meine Offenherzigkeit unvorsichtig und gefährlich, denn wenn einer der von mir genannten und vor mir verhafteten Kameraden keine Aussagen machte oder nur ungenügende Beschuldigungen gegen ihn vorlagen, dann konnte meine bloße Erwähnung seines Namens, auch in an sich harmlosem Zusammenhang, gegen ihn verwandt werden.

Einen ähnlichen Fehler mit gefährlichen und tragischen Folgen machten Aberhunderte unglückseliger Menschen. Da sie die Folterqualen nicht aushalten konnten oder zu umgehen versuchten, aber auch, um Unschuldige, die noch nicht verhaftet worden waren, nicht zu schaden, erwähnten sie in ihren Aussagen nur jene Bekannten oder Kollegen, die schon vor ihnen, mitunter sehr lange vor ihnen verhaftet worden waren. Solche falschen, aber „frischen" Aussagen ermöglichten es den Untersuchungsrichtern mitunter, einen sich dahinschleppenden oder schlecht „begründeten“ Fall abzuschließen. Aber meine Unvorsichtigkeit hatte keine Folgen. Erstens konnte ich den anfangs eingenommenen Standpunkt beibehalten und habe über meine Freunde, deren Namen ich Kobulow diktiert hatte, nichts Schlechtes gesagt; zweitens hatten meine Freunde, wie ich annehme, keine Aussagen gegen mich gemacht; drittens waren sie zum Zeitpunkt meiner Inhaftierung bereits fast alle hingerichtet, was ich natürlich nicht wußte. Im übrigen stammen, wie mir erst am Ende der Untersuchung klar werden sollte, die wichtigsten Aussagen gegen mich von Personen, die ich niemals als meine Freunde oder Bekannten bezeichnet hätte.

Am Ende der ersten Vernehmung fragte Kobulow mich ziemlich plump: „Ist es wahr, daß Sie in der Zelle geschlafen haben?“ Wahrscheinlich unterlag ich einer besonderen Beobachtung. Als müßte ich meine Taktlosigkeit entschuldigen, antwortete ich, daß ich in den letzten Tagen sehr viel gearbeitet und wenig geschlafen hätte. Kobulow schaute mich aufmerksam an und sagte: „Sie haben anscheinend immer noch nicht begriffen, was mit Ihnen passiert ist. Ihr früheres Leben kehrt nicht wieder. Zwischen diesem Leben und Ihrer Zukunft hat sich eine Kluft aufgetan.“

Ich wies nicht darauf hin, daß mir Kobulow zuerst mit einer baldigen, ja sofortigen Erschießung gedroht hatte und nun auf einmal verriet, daß ich am Leben bleiben würde.

Im Morgengrauen nach dem Verhör kehrte kein naiver Neuling in die Zelle zurück, der hoffte, durch seine Ehrlichkeit und Offenheit das Mißtrauen zerstören zu können. Jetzt wußte ich, daß ich meinen ehrlichen Namen und sogar mein Leben unter schwierigsten Umständen verteidigen mußte.

Dieses Mal schlief ich nicht ein, vor allem deswegen, weil im Gefängnis um sechs Uhr früh geweckt wurde.

Gerade begann ich mich im Gefängnisalltag einzuleben und meine Gedanken zu sammeln, als man mich gegen neun Uhr morgens, das heißt ungefähr vier Stunden nach dem ersten Nachtverhör, schon wieder zum Verhör holte. Diesmal begleiteten mich drei Männer. Der dritte Begleiter war zu meiner Verwunderung ein Mann, den ich vom Sehen kannte und für einen Mitarbeiter des Obersten Gerichts gehalten hatte. Während der Schauprozesse war er als Gerichtsdiener aufgetreten. Später, während meines Gefängnislebens habe ich erfahren, daß dieser für die Ordnung in öffentlichen Gerichtsverhandlungen und das Betragen der Angeklagten verantwortliche NKWD-Mitarbeiter der Leiter des Inneren Gefängnisses, Mironow, war.

Über das vordere Treppenhaus, durch das Sprechzimmer und das geräumige Sekretariatszimmer wurde ich in das Arbeitszimmer des Politbüro-Kandidaten, des Volkskommissars für Innere Angelegenheiten L. P. Berija, geführt. Im Hintergrund stand ein Schreibtisch, an dem Berija schon saß und sich mit Kobulow unterhielt. Man hieß mich, auf dem Stuhl neben Kobulow Platz zu nehmen, den Platz links von mir besetzte ein Leutnant, den ich aber in meiner Aufregung zuerst nicht bemerkte. Diese Inszenierung habe ich in meiner Eingabe an die Regierungsbehörden sehr detailliert beschrieben – nach Berijas Verhaftung.

Kobulow und Berija wechselten einige Sätze in Georgisch, wie ich vermute. Obwohl Berija sich ganz offensichtlich kurz zuvor Kobulows Bericht angehört hatte, begann letzterer, Komödie zu spielen: In offiziellem Ton meldete er: „Genosse Volkskommissar, der Angeklagte Gnedin verhielt sich bei der ersten Vernehmung herausfordernd, aber er gestand seine Verbindung mit den Feinden des Volkes.“ Ich unterbrach Kobulow und sagte, ich habe keinerlei Verbindungen mit den Volksfeinden gestanden, sondern lediglich Namen meiner verhafteten Freunde genannt. Ich erinnere mich, hinzugefügt zu haben, ich hielte mich nicht für einen Verbrecher.

Kobulow war darauf vorbereitet, daß ich ihn erneut „herausfordern" würde. Kaum hatte ich meinen Satz beendet, schlug Kobulow mir mit der Faust ins Gesicht, ich wankte nach links und erhielt von dem neben mir sitzenden Leutnant einen Schlag auf die linke Wange. Weitere Schläge folgten schnell. Kobulow und sein Helfer bearbeiteten meinen Kopf lange zu zweit, wie Boxer den Punchingball zu traktieren pflegen. Berija saß uns gegenüber und beobachtete in ruhiger Neugier, wann das ihm so vertraute Experiment die gewünschten Resultate bringen würde. Möglicherweise rechnete er damit, diese „Kraftanwendung" würde sofort zu meiner Kapitulation führen; er war jedenfalls überzeugt, ich würde die Selbstbeherrschung und die Kontrolle über meine Gedanken und Gefühle verlieren. Aber er wußte offenbar nicht, daß ein Mensch die räumliche Orientierung, aber nicht die Orientierung in seiner eigenen Innenwelt verlieren kann, zumindest nicht so schnell ...

Ich weiß nicht mehr genau, was Berija in diesem Stadium des „Verhörs" sagte und was ich antwortete, aber der Sinn blieb unverändert: Er beschuldigte mich des Staatsverrates, ich bestritt entschieden jedwedes Verbrechen.

Als Berija sich überzeugt hatte, daß ich in bezug auf die mir verabreichten „Aufputschmittel" eine „lange Leitung" hatte, stand er auf und befahl mir, mich auf den Boden zu legen. Ich nahm kaum wahr, was mit mir geschah, sank auf den Boden und legte mich auf den Rücken. „Nicht so!", rief der Politbüro-Kandidat Berija ungeduldig. Ich streckte meine Beine in Richtung des Schreibtisches aus. „Nicht so!", wiederholte Berija. Ich richtete meinen Kopf zum Tisch. Möglicherweise reizte oder verwirrte Berija meine Begriffsstutzigkeit. Er befahl seinen Handlangern, mich umzudrehen und für die nächste Nummer des geplanten Programms vorzubereiten. Als die Folterknechte (es waren bereits mehrere) an die Arbeit gingen, befahl Berija: „Hinterlaßt keine Spuren!“ Wertete man dies wirklich als Befehl an die Handlanger, ließ sich daraus schließen, daß Berija weitergehende Pläne mit mir hatte.

Sie schlugen mich mit Knüppeln auf den nackten Körper. Ich glaubte, es seien Gummiknüppel; als man mir die Schläge auf die Fersen verpaßte, was besonders schmerzhaft war, wiederholte ich jedenfalls leise für mich, vielleicht um klare Gedanken zu bewahren: „Man schlägt mich mit Gummiknüppeln auf die Fersen.“ Ich schrie nicht nur vor Schmerzen, sondern auch in der naiven Annahme, mein lautes Schreien im Arbeitszimmer des Volkskommissars, das in der Nähe seines Empfangszimmers lag, würde die Folterknechte bewegen, diese Operation abzukürzen. Aber sie hörten erst auf, als sie müde wurden.

Während dieser Folterungen gaben Berija und Kobulow mir deutlich zu verstehen, was sie eigentlich von mir wollten. Eine der „Andeutungen“ lautete etwa folgendermaßen: „Beachten Sie, daß Sie sich nicht mehr im Arbeitszimmer des Oberspions, Ihres ehemaligen Chefs, befinden. Dorthin können Sie nie wieder zurück!“

Da Berija von mir keine „Aussage“ erhielt, ließ er mich abführen. Anscheinend wurde sofort danach ein neues Opfer hineingeführt. Berija hatte es eilig, Verleumdungsmaterial gegen Litwinow zu erhalten.

Gleich darauf wandte man im Rahmen eines ausgeklügelten Systems eine neue Methode an. Zusammengeschlagen, mit schmerzendem Kopf und buchstäblich brennendem Körper wurde ich nackt in einen kalten Karzer gesteckt. Ich weiß nicht, ob die Zelle speziell gekühlt wurde, aber es schien mir so. Ich glaubte sogar, entdeckt zu haben, woher die kalte Luft kam. Der Boden war aus Stein. Ich kroch in eine Ecke, kletterte auf eine Bank, die ebenfalls aus Stein war. Es war unmöglich, in meiner Lage und meinem Zustand viel zu überlegen. Meine bevorstehende Aufgabe war mir auch ohne langes Überlegen klar: Ich mußte die Folterungen überleben und durfte dabei weder mich noch andere bezichtigen. Um mich zu beruhigen und gleichsam das seelische Gleichgewicht wiederzufinden, begann ich, laut Gedichte aufzusagen. Ich rezitierte Puschkin, viele Gedichte von Blok, das lange Poem von Gumilew „Die Entdeckung Amerikas“ und sein Gedicht „Der sechste Sinn“. Wahrscheinlich sagte ich auch eigene Gedichte auf.

Nach einiger Zeit brachte man mich wieder in das Arbeitszimmer des Volkskommissars, wo ich unter Berijas persönlicher Aufsicht erneut von zwei Männern mit Schlagstöcken bearbeitet wurde. Ich erinnere mich an eine Bemerkung Berijas während der zweiten „Behandlung“; er neigte sich über mich und sagte: „Ein willensstarker Mensch, so einen müßten wir anwerben.“ Da er ganz genau wußte, daß ich weder Spion noch Verbrecher war, offerierte er mir eine „bequeme Form“ der Selbstverleumdung: die Bereitschaft, sich für die Arbeit beim NKWD „anwerben zu lassen“. Damals verstand ich noch nicht, daß sich Berija einer Standardphrase aus dem Repertoire der mittelmäßigen Untersuchungsrichter jener Zeit bediente.

Als Antwort auf die provozierende Bemerkung Berijas äußerte ich, auf dem Fußboden liegend, energisch meine Empörung und meinen Ekel. Berija wandte sich ab. Die Handlanger setzten ihre „Arbeit“ fort. Ich begann wieder zu schreien.

Ich kann nicht sagen, wie lange diese zweite Folteretappe gedauert hat. Jedenfalls brachten mich die Folterknechte wieder in den Karzer, nachdem sie sich davon überzeugt hatten, daß ich es noch immer ablehnte, mich als Verbrecher zu bekennen oder Litwinow zu verleumden. Wieder stand ich nackt auf der Steinbank und rezitierte Gedichte.

Ich beschreibe meine Qual und Erniedrigung nur ungern, und wenn ich es tue, dann in der Überzeugung, daß ich von Methoden berichte, die nicht bei mir allein angewandt wurden. Verschiedene Anzeichen, aber auch die Worte eines Untersuchungsrichters deuten darauf hin, daß man mich in einem Schauprozeß als Zeuge der Anklage oder als auf der Anklagebank sitzenden Helfer des Anklägers benutzen wollte. Daher können die an mir angewandten Techniken und Methoden zeigen, wie jene Gerichtsprozesse wirklich vorbereitet wurden, deren Geheimnis bis heute noch nicht endgültig gelüftet ist.

Während der ersten Hafttage verbrachte ich lediglich wenige Stunden in der Zelle. Ich wurde von Zimmer zu Zimmer geführt, später geschleppt, um dort von verschiedenen Untersuchungsrichtern zusammengeschlagen und verhört zu werden. Manchmal schauten andere Untersuchungsrichter herein und versuchten, ihren Kollegen mit Wort und Tat zu helfen, da sie es offenbar mit einem „schwierigen Objekt“ zu tun hatten. Einmal näherte sich dem Tisch, vor den man mich gesetzt hatte, ein kleiner Mann von hohem Rang. „Wo habe ich Sie gesehen, ich kenne Sie doch!“ rief er aus. Als aber der Untersuchungsrichter klagte, ich sei nicht geständig, schlug mich mein vorgeblicher Bekannter mit einem Lineal auf die Finger und schrie kreischend: „Daß ja das Geständnis bis zu meiner Rückkehr auf dem Tisch liegt!“ Er erschien nie wieder.

Am längsten und grausamsten wurde ich im Zimmer von Kobulow zusammengeschlagen. In meinem Gedächtnis sind nur einzelne Szenen geblieben, die nächtliche Beleuchtung, einige sich über mich beugende Gesichter, Lärm von Stimmen. Nebelhaft erinnere ich mich daran, daß ich offenbar Fragen beantwortete, die neutral zu sein schienen. Ich bemerkte plötzlich eine Stenografin und wunderte mich, warum sie so hoch saß: Ich konnte schon nicht mehr wahrnehmen, daß ich einfach auf dem Fußboden lag und sie auf einem Stuhl saß. Ich kann nicht sagen, ob die Stenografin immer, während man mich zusammenschlug, anwesend war, oder nur dieses eine Mal, als ich sie bemerkte.

Eines Nachts, als ich wieder einmal zu Kobulow geführt worden war, fragte er mich streng: „Warum haben Sie dem Untersuchungsrichter nicht erzählt, daß sie Epileptiker sind?" Anscheinend hatte ich einen Nervenzusammenbruch gehabt, aber ich kann mich nicht daran erinnern. Wer weiß, vielleicht hätte mich eine positive Antwort auf diese Frage von weiteren Folterungen befreit; jetzt jedenfalls, wo ich dies schreibe, kommt mir dieser Gedanke. Aber damals, in jener Nacht, war ich nur von dem unbändigen Gedanken besessen, ich müsse jegliche Folter aushalten und meine Unschuld beweisen. Darum antworte ich: „Ich bin kein Epileptiker, Sie können weitermachen!" Während ich bei klarem Bewußtsein Kobulow so selbstsicher antwortete und alle falschen Beschuldigungen zurückwies, lieferte ich den Untersuchungsrichtern bei getrübtem Bewußtsein – als ich in Anwesenheit der Stenografin die gestellten Fragen beantwortete – genügend Informationen darüber, wo ich wann gearbeitet, mit welchen Ausländern ich zu tun gehabt hatte. Was ich den Untersuchungsrichtern, die keine Ahnung von meiner Vergangenheit hatten, erzählte, diente als Material zur Zusammenstellung der Fälschung, über die ich noch berichten werde.

Allmählich hatte ich die Fähigkeit verloren, die Tagesabschnitte zu unterscheiden, und mir fehlte auch die Möglichkeit dazu. Schlafen, Wecken und Essen sind die wichtigsten Zeitmerkmale im Zellenalltag. Ich aber schlief nicht, bekam nichts zu essen; mir schien, als ob ich zwei oder drei Tage nichts getrunken hätte; jedenfalls erinnere ich mich an kein einziges Mal, daß ich während des „brutalen Verhörs“ den Durst gestillt oder sonstige körperliche Bedürfnisse verspürt hätte. Alles, was mit mir und um mich geschah, wurde betäubend monoton, irreal, wobei ich im Inneren sicher blieb oder mindestens die fixe Idee hatte, ich würde alles aushalten können. Einmal, als ich im Morgengrauen im kleinen Zimmer des Untersuchungsrichters Woronkow war, verwirrte ich meine Folterer dadurch, daß ich mich während der Pause auf den Fußboden sinken ließ. „Was machen Sie?“ fragte der Untersuchungsrichter aufgeregt, weil er anscheinend dachte, ich sei wahnsinnig geworden. „Sie haben doch gesagt, ich solle schreiben oder mich hinlegen, also lege ich mich hin...“

Offenbar hatte man Berija berichtet, daß ich zunehmend die Selbstbeherrschung verlor, und er bildete sich nun ein, er könne meine Kapitulation persönlich vollenden und von mir die vorgesehenen Geständnisse bekommen. Als ich zur dritten Begegnung mit ihm hereingeführt wurde, sprach er im Stehen mit Kobulow. Ganz ruhig begann Berija, sich bei mir zu erkundigen, ob ich endlich verstanden habe, daß ich meine Verbrechen gestehen müsse. Meine Antwort habe ich später in meinen Eingaben an die Behörden und in erster Linie an Berija selbst wiederholt. Ich sagte, ich sei verpflichtet, ihm nur die Wahrheit zu sagen, hiermit erklärte ich folglich, daß ich kein Verbrecher sei und keinerlei Verbrechen begangen habe; ich wünschte lediglich zu verstehen, was man von mir wolle, ich könne das Geschehen nicht begreifen.

Indem ich meine Bereitschaft ausdrückte, „das Geschehen zu begreifen“, hoffte ich, die erwartete Folter abzuschwächen. Denn in diesem Moment mußte ich von zwei Männern gestützt werden, um aufrecht stehen zu können.

Dennoch ist dies ein Beispiel für einen beinahe begangenen Fehltritt. „Die Bereitschaft zu verstehen, was von mir verlangt wird“, zeigt im Grunde, wie die Angeklagten in die ihnen gestellte Falle tappten. Gequälte Menschen haben leicht den schicksalhaften Schritt von der „Bereitschaft zu verstehen“ zur „Bereitschaft zu helfen“ getan. Aber zu meinem Glück klangen meine Worte den Untersuchungsrichtern nicht überzeugend, Berija meinte, mein Wunsch, „zu verstehen“, helfe ihm gar nichts. Er verlor jegliches Interesse an mir und nahm sich vor, meinen Fall anders zu „formulieren“.

Die letzten Worte, die ich von L. P. Berija hörte, lauteten: „Durch solche Philosophie“ (die Stimme eines Hochstaplers, der mit einem Intellektuellen spricht) „und solches Provozieren“ (die Stimme des Henkers) „verschlechtern Sie nur ihre Lage.“ Diese Phrase war richtig und falsch zugleich. Dadurch, daß ich keine erlogenen Aussagen machte, „verbesserte“ ich meine Lage, da man mich nicht in einen großen Fall staatlichen Hochverrates hineinzuziehen vermochte. Gleichzeitig verwirklichten sich die Worte Berijas, dadurch meine Lage „zu verschlechtern“, da ich während der langen Jahre im Gefängnis, den Lagern und der Verbannung immer wieder zu spüren bekam, daß mein Fall durch einen kompetenten und für mich nachteiligen Beschluß geprägt war.

Nach Berijas „Abschiedsrede“ brachte man mich in die Zelle zurück. Auf dem Weg dorthin wurde mein geschwollener und blutender Körper in einem Verbandsraum mit Vaseline behandelt. Weder davor noch danach erhielt ich medizinische Hilfe.

Ein oder zwei Tage später wurde ich im Morgengrauen geweckt: „Zum Verhör!“ Zu diesem Zeitpunkt waren mein Rücken, meine Beine und Fersen eine einzige glänzende und sehr schmerzhafte Geschwulst. Ich konnte weder sitzen noch stehen. In diesem Zustand wurde ich in ein kleines Zimmer zu Untersuchungsrichter Woronkow gebracht. Er saß am Schreibtisch; sein aufgedunsenes graues Gesicht wirkte besorgt, vielleicht sogar verwirrt. Der Untersuchungsrichter legte mir eine Akte vor, in der sich ein umfangreiches „Protokoll des Verhörs Gnedin-Helphand, J. A., Sohn Parvus', 15.–16. Mai 1939" (das Datum war völlig willkürlich) befand. Auf teurem Papier waren ohne eine einzige Änderung oder Korrektur Fragen getippt, die man mir niemals gestellt hat und Antworten, die ich niemals gegeben habe. Später sah ich viele Verhörprotokolle, keines jedoch war so ordentlich und formvollendet wie diese Fälschung. Ich begriff, daß das vorliegende Dokument für die „höchste Instanz" bestimmt war. Einmal auf dem einen Fuß, dann auf den Zehen stehend und mich mit der Hand auf einen Tisch stützend, las ich diese einfältige Fälschung.

Nachdem Berija beim dritten Verhör in seinem Zimmer verstanden hatte, daß mein Wille ungebrochen war, schickte er mich sofort weg, während sein Apparat meine „Aussagen" zusammenstellte. Diese Arbeit war aber schlecht gemacht, das Material reichte nicht. Als ich, im Zimmer des Chefs der „Sonderuntersuchungsabteilung", Kobulow, am Boden liegend, mit getrübtem Bewußtsein berichtete, wo ich gearbeitet und zu wem ich Beziehungen gehabt hatte, verlor ich doch meine Kontrolle nicht völlig. Offenbar war ich in diesen Stunden beinahe bereit gewesen, mich selbst zu belasten (obwohl ich mir dessen nicht sicher bin), blieb aber entschlossen, niemanden zu diffamieren (dessen *bin* ich mir sicher), und dies war sogar aus der Fälschung ersichtlich.

Der Inhalt des „Protokolls vom 15.–16. Mai" ist mir nur in groben Zügen im Gedächtnis geblieben. Ich bekam es lediglich zweimal zu sehen: das erstemal in dem oben beschriebenen Zustand und das zweitemal, als ich meine Akte oder, richtiger, den mir zugänglichen Teil der Akte, zur Einsicht erhielt; das aber geschah zu einem

Zeitpunkt, als ich bereits wußte, daß diese Fälschung bedeutungslos geworden war. Darum versuchte ich, in der mir zugestandenen kurzen Zeit jene Dokumente zu lesen, die ich zum erstenmal sah. Das „Protokoll" bestand aus drei Hauptteilen. Einer enthielt Pseudo-Fragen über meine „Verbindung" zu Karl Radek und S. A. Rajewski in der *Iswestija* (beide waren zwei Jahre vor mir festgenommen worden) und Antworten, die überhaupt nichts mit mir zu tun hatten, sondern eindeutig vom Untersuchungsrichter aus irgendwelchen alten Akten abgeschrieben worden waren. Allgemein gesagt, war die mich betreffende Fälschung Abbild anderer Fälschungen aus den Akten der vor mir verhafteten Kameraden.

Ein besonderer Teil des „Protokolls vom 15.–16. Mai" enthielt Lügen über M. M. Litwinow, dessen Name ich ganz bestimmt nicht genannt hatte. Die Aufgabe der Folterknechte bestand darin, „Beweise gegen Litwinow zu sammeln", und zu diesem Zweck war auch diese Fälschung zusammengestellt worden. Es sah aus, als hätte ich auf „geschickt gestellte" Fragen nach und nach zugegeben, daß ich von „Litwinows regierungsfeindlicher Einstellung gewußt" habe (so etwa der Wortlaut des Protokolls), als hätte ich „bestätigt", daß Litwinow „von antisowjetischen Motiven getrieben, einen Krieg provoziert habe", und ähnliches.

Aus dem dritten Abschnitt des „Protokolls" ging hervor, daß ich ausnahmslos alle ausländischen Diplomaten und Journalisten mit Spionageinformationen versorgt hätte.

Derartige Fälschungen in den Untersuchungsakten der Terrorperiode hatten nichts mit der Wirklichkeit zu tun. Aber sogar heute, nach dem 20. Parteitag, geschieht es noch immer, daß gewissenhafte Menschen die Erklärung für die Verhaftung Unschuldiger in Fakten suchen und denken, auch falsche Anschuldigungen ließen sich auf irgendwelche realen Begebenheiten zurückführen.

Der Untersuchungsrichter forderte mich auf, das „Protokoll“ zu unterschreiben. Ich nannte das vorgelegte Dokument eine Fälschung, aber fast wäre mir passiert, was vielen anderen Menschen passierte. Ich begann, die korrekten Angaben zu suchen; die erste Seite schien mir korrekt zu sein; ich hakte diese und noch einige andere Seiten ab, denn ich war körperlich nicht mehr imstande, richtig zu unterschreiben. Danach schob ich das ungeheuerliche Dokument entsetzt zur Seite. Aber der Untersuchungsrichter mußte offenbar seinem Vorgesetzten nur zeigen, daß ich das „Protokoll“ in der Hand gehabt hatte. Er bestand nicht darauf, daß ich alle Seiten unterschrieb (wie es Vorschrift war) und schickte mich in die Zelle zurück.

Trotz inneren Widerstrebens und Schamgefühls und unabhängig vom tatsächlichen Ausgang der Untersuchung habe ich hier versucht, den Zustand zu beschreiben, in dem sich gefolterte Menschen befinden, wenn sie das Gefühl für die Realität verlieren (wie es nicht anders sein konnte), das Gefühl für den Unterschied zwischem Erlaubtem und Unerlaubtem, Möglichem und Unmöglichen, den Moment, wenn Mut und Kraft die Menschen verlassen und sie verzweifeln.

Wie schwer aber ist es, moralisches Leid zu beschreiben, wenn man nur Tatsachen darlegen will und kein Künstler des Wortes ist. Ich möchte hier von der Verzweiflung berichten, die mich bei dem Gedanken erfaßte, daß meine Standhaftigkeit und Prinzipientreue während der Folterung, wie ich dachte, ganz vergeblich gewesen sein könnte. All meine Unschuldsbeteuerungen in den Verhören, all meine logischen Argumente und Empörungsschreie während der Prügeleien blieben ohne Resultat und hinterließen auf dem Papier nicht die geringste Spur. Im Gegenteil, dachte ich, die von den zynischen und ignoranten Folterknechten fabrizierten Fälschung lag unwiderlegt in der Akte und konnte möglicherweise die Grundlage für die Entscheidung über mein Schicksal werden. Ich entsinne mich, daß man während der Schauprozesse jenen Angeklagten, die versucht hatten, einige Beschuldigungen zurückzuweisen, irgendwelche gedruckten Texte zeigte und sie nur fragte: „Ist das Ihre Unterschrift?“ Offensichtlich basierten die Beschuldigungen oft nicht auf eigenhändig unter Zwang geschriebenen Aussagen, sondern auf ohne Wissen der Angeklagten verfaßten Fälschungen.

Am meisten bedrückte mich die Tatsache, daß der Name Litwinows genannt worden war, wenn auch in einem gefälschten Dokument. Ich war darüber entsetzt, nicht zuletzt deswegen, weil er der einzige im Protokoll namentlich erwähnte Sowjetbürger war, der noch am Leben und, wie ich hoffte, in Freiheit war.

Am 19. Mai wurde ich wieder verhört. Woronkow saß in dem gleichen dunklen Zimmer mit geschäftiger Miene am Schreibtisch und wies mir den Platz am kleinen Tisch in der Ecke zu. Anscheinend beabsichtigte der Untersuchungsrichter, „normal zu arbeiten“, indem er sich entweder auf das gefälschte Protokoll stützte oder es zeitweilig überhaupt nicht erwähnte. Aber ich hatte einen Plan gefaßt. Ich wollte die Fälschung mit allen Mitteln widerlegen.

Ich bat um ein Blatt Papier. Woronkow gab es mir. Offenbar glaubte er aufgrund seiner Erfahrungen, wenn ein Untersuchungsrichter, der einen Häftling foltern ließ, diesen später korrekt behandelt, wolle der Häftling keine Konfliktsituation mehr riskieren. Aber er blieb neben mir stehen, um mir das Papier sofort wegnehmen zu können, falls ich etwas Unvorhergesehenes schreiben sollte. Ich versuchte, ihn zu überlisten. Da ich aus ihm bekannten Gründen nicht auf dem Stuhl sitzen konnte, sondern in gebeugter Haltung am Tisch stand und langsam schrieb, mußte auch der Untersuchungsrichter lange neben mir stehen bleiben, um zu sehen, was ich schrieb. Ich rechnete damit, daß es ihn langweilen würde. Und in der Tat, nachdem der Untersuchungsrichter gesehen hatte, daß ich am Anfang sofort „meine Absicht, die Untersuchung zu unterstützen“ bekundete, „die Unterstützung bei der Aufklärung aller für ihn interessanten Fakten“ versprach und überhaupt meine absolute Offenheit beteuerte (ich begann absichtlich mit einem langen Satz), verließ er mich und setzte sich befriedigt an seinen Tisch. Von diesem Moment an schrieb ich ungefähr folgendes: Aus oben genannten Gründen halte ich die Erklärung für notwendig, daß mir von verbrecherischen Handlungen Litwinows nichts bekannt ist, und wäre Litwinow wirklich, was ich nicht glaube, ein Staatsfeind, so hätte er als gewiefter Verschwörer mir nie etwas davon erzählt; folglich entspricht nichts im ‚Protokoll vom 15.–16. Mai‘ der Wahrheit. Weiter wies ich darauf hin, daß das Protokoll gefälscht sei und zahlreiche offensichtliche Ungereimtheiten enthalte. Mir gelang mehr, als ich erhofft hatte; mein Programm-Minimum war, die Diffamierung Litwinows zu widerlegen.

Sobald der Untersuchungsrichter die von mir beschriebenen Blätter erhielt, drückte er wortlos den Klingelknopf und ließ mich von der Wache in die Zelle zurückführen. Ich habe ihn nie wieder gesehen. Im Jahre 1955 dann, das heißt sechzehn Jahre später, fand ich im Beschluß über meine Rehabilitierung eine beiläufige Erwähnung, der ehemalige Untersuchungsrichter Woronkow sei seiner „Aussage“ zufolge „Zeuge“ gewesen, wie ich in Berijas Zimmer zusammengeschlagen wurde. Seine eigene Rolle in meiner Sache hat er offenbar nicht erwähnt.

Meine Erklärung vom 19. Mai wurde vom Untersuchungsrichter nicht vernichtet. Ich habe sie in meiner Akte gesehen, und ich habe mich mehrmals auf sie berufen, wenn ich die Fälschung widerlegte, Beweise brachte und daran erinnerte, daß ich Verleumdungen und Beschuldigungen gegen mich und andere redliche Menschen – vor allem die gegen M. M. Litwinow – vom ersten Tag der Untersuchung an mündlich und bei der ersten Gelegenheit auch schriftlich immer widerlegt und bestritten habe.

Wenn meine Erfahrung Grundlage für Verallgemeinerungen sein soll, muß ich sagen, daß ich, meiner Meinung nach, den „Folterungen dritten Grades", wie das damals hieß, nicht im vollen Umfang unterzogen wurde; mir wurden schwere, quälende Bedingungen auferlegt, Bedingungen des „strengen Regimes", wie sich ein Untersuchungsrichter später ausdrückte, aber zahlreiche andere Opfer der Stalinschen Folterknechte wurden noch gnadenloser behandelt als ich, und zwar über längere Zeit hinweg. Letztlich blieben meine Rippen und Nieren heil, was bei vielen anderen nicht der Fall war ... Und es gab auch Menschen, die den Folterknechten viel direkter, schärfer und gröber geantwortet haben als ich, die auch heftigen physischen Widerstand leisteten. Das hat sie nicht nur nicht gerettet, sondern führte in der Regel später zur völligen Kapitulation. Und dennoch starben sie als Helden.

KAPITEL V

In der Einzelzelle

Körperliche Leiden sind ein endloses Thema. Ich brauche über diesen Aspekt meiner Prüfungen nicht ausführlich zu reden. Aber ich muß sagen, daß das seelische Leiden die Psyche stärker belastet als körperliche Schmerzen, obwohl auch sie einen Menschen brechen können. Die ersten Stunden nach der Folterung, als ich auf meiner Pritsche lag und mich nicht zu konzentrieren und nicht völlig zu begreifen vermochte, was mit mir geschehen war, sollten nicht die schrecklichsten werden. Mein Leben lang wird mich das unwiederbringliche Gefühl der Inspiration begleiten, das ich an einem der ersten Tage in der Einzelzelle empfand: Mein Körper war eine einzige Quelle des Schmerzes, und darum spürte ich ihn gar nicht mehr; ich fühlte Schmerzen, ich fühlte ein Brennen, nicht aber meinen Körper, ich erlebte mich als so leicht und frei wie nie mehr im Leben. Das durch die Schmerzen entstandene Delirium brachte mir keine Finsternis, keine Ausweglosigkeit, sondern nur Licht und einen weiten Horizont.

Worte aber kamen nicht. Ich suchte sie im Unterbewußtsein (ich hätte sie für mich selbst gebraucht), zur Kontaktaufnahme mit Menschen war ich nicht bereit, aber ich vermochte nicht, sie zu finden. Und erst als ich an meine Frau, an unsere Liebe, an unsere Tochter zu denken begann, kamen auch Worte und wirre Sätze, vor allem Gedichte.

Ich muß noch etwas zur Rolle der Dichtung in meinen einsamen Gefängnisgrübeleien sagen. Ich möchte von der Wirkung (im Flüsterton) rezitierter Lieblingsverse großer Dichter sprechen. Im Karzer begann ich, Gedichte auswendig herzusagen. Ich wiederholte sie in meiner Einzelzelle, und wieder brachten sie mir Erleichterung. So war es häufig in den schweren Momenten meines Lebens. Ich rezitierte hauptsächlich Gedichte von Puschkin und Blok, deren Inhalt nichts gemein hatte mit der Gefängniswirklichkeit, auch nicht mit der Welt, in der ich vor der Verhaftung lebte, oder mit meiner Weltanschauung in jener Zeit. Aber während ich diese Verse vor mich hinsprach, wurde meine Seele leichter wie nach einem Gebet. Ich genoß den Rhythmus, die schönen Bilder, die Erinnerungen an die helle Welt.

Ich sagte soeben, ich sei erleichtert gewesen wie nach einem Gebet. Dabei betete ich niemals. Selbst in den schwersten Augenblicken meines Lebens kam mir kein einziges Mal der Gedanke an Gott, ich glaubte und glaube nicht an Gott, ich glaube an die Macht des menschlichen Geistes. Auch mystische Neigungen sind mir fremd; sie waren es auch in der Verfassung, in der ich mich in den ersten Wochen nach den Folterungen befand, obwohl ich damals eher der Mystik hätte verfallen können als in meiner Jugend. Nichtsdestoweniger scheint es mir, daß ich die heilende Kraft eines Gebets kenne. Vielleicht wird ein Gläubiger behaupten, ich hätte ohne mein Wissen „die Seligkeit erlangt". Doch ich bin der Auffassung, daß die wohltuende Wirkung eines Gebets nicht im Glauben, nicht im Sinn der Worte, nicht einmal in einer vagen Verheißung besteht, sondern hauptsächlich im Rhythmus, dem bekannten, beständigen Rhythmus der dem Herzen vertrauten Worte.

Bevor ich zu meinen Überlegungen in der Einzelzelle übergehe, die mein weiteres Verhalten während der Untersuchung beeinflussen sollten, möchte ich noch einiges über das „Unterbewußtsein" sagen, das heißt über Träume. Während der ersten Wochen im Gefängnis träumte ich ständig, ich hätte etwas verloren oder sei in eine Sackgasse geraten. Ich träumte, daß ich in einem gewöhnlichen Moskauer Hauseingang Raubtieren begegnete. Oder daß ich auf der Tschernyschewskistraße nach Hause ging und am Ufer eines unbekannten Flusses landete. Ein anderes Mal sah ich im Traum, daß die Gasse, die zu meinem Haus führte, von Lastwagen verstellt war, aber als ich über sie hinweggeklettert war, traf ich auf ein neues Hindernis. Mir träumte auch, daß ich auf dem Weg zu einer Verabredung war, meine Aktentasche plötzlich aus meiner Hand verschwand und ich einige Schritte weiter ganz nackt war. Derartige Träume wiederholten sich so oft, daß ich einmal im Traum unter Tränen fragte: „Warum träumte ich früher, daß ich alles habe und jetzt, daß ich nichts besitze?" (Es ist erstaunlich, wie gut ich mich an die Träume erinnere, die ich vor dreißig Jahren im Gefängnis hatte, aber nichts über meine Träume aus jüngster Zeit erzählen kann.)

Damals blieb ich nicht lange in der Einzelzelle: vierzig Tage. Aber es war das erstemal, und ich wußte damals nicht, daß Menschen manchmal ein ganzes Jahr oder noch länger in Einzel- oder Untersuchungshaft, ja sogar in Erwartung des zu vollstreckenden Todesurteils zubringen mußten. So erinnerte ich mich in meiner Einzelzelle an Erzählungen, die mir aus der Kindheit bekannt waren, Erzählungen von Revolutionären wie Maxim Gorki, die die Tage gezählt hatten, und so begann auch ich, die Tage zu zählen, ohne zu ahnen, daß ich Monate und Jahre würde zählen müssen, bis ich die Nachricht erhielt, daß ich auf ewig verbannt worden war.

Die Einzelzelle, in die ich nach der unterbrochenen Untersuchung gebracht wurde, war seltsam konstruiert.

Sie hatte keine geraden Winkel. Die Decke war schräg, die Wände verliefen nicht parallel zueinander, es gab sieben, vielleicht sogar neun Ecken. Diese Ecken und Schrägen rings um mich verstärkten das Schwindelgefühl, das ich ohnehin hatte. In der Zelle war nur Platz für eine Pritsche, einen kleinen Tisch und einen Hocker. Das Zellenfenster war verhältnismäßig groß, aber aufgrund des berüchtigten „Erkers" konnte ich nur das sehen, was über der sechsten Etage lag, und auch das nur in gewissem Umfang. Eine Zeitlang beobachtete ich einen Arbeiter, der von einem Hängebrett aus die Mauer verputzte, für mich war das ein spannender Anblick. Abends konnte ich in die Fenster eines großen Saals voller Menschen schauen. Ich hätte gern erfahren, ob dort Versammlungen stattfanden oder Unterricht abgehalten wurde. Interessiert beobachtete ich einen beleibten Mann direkt am Fenster, der ruhig und selbstbewußt zu einem unsichtbaren Publikum redete. Anscheinend wollte ich mich überzeugen, daß die Menschen außerhalb der Gefängnismauern ein normales und sinnvolles Leben führten. Doch die von der Zelle aus zu beobachtende Versammlung fand ja im riesigen, eindrucksvollen NKWD-Gebäude statt, das gleichsam den steinernen Zaun um das Gefängnis bildete.

Von den ersten Tagen meiner Haft an wußte ich die Bedeutung cines Fensters und frischer Luft zu schätzen. Später erleichterte dies meine Lage bei der Platzverteilung in den Zellen; viele Gefangene suchten die warmen Ecken, ich aber erhielt ohne Mühe und ohne Streitigkeiten einen Platz unter dem Fenster, weil es dort oft zog. In meiner ersten Zelle war es kalt, obschon es Anfang Juni war. Die Zelle war vermutlich so kalt, weil sie zwischen dem neuen und dem alten Gebäude eingebaut worden war. Manchmal hörte ich, wie Menschen unmittelbar an der Gefängniswand entlang die Treppe hinabstiegen. Die Fensterklappe schloß ich nicht, ich saß in ihrer unmittelbaren Nähe in den Mantel gehüllt, den Kragen aufgestellt, die Hände in die Ärmel gesteckt. Ich sah so erbärmlich und verloren aus, daß einmal ein mitleidiger Wächter die Tür einen Spalt öffnete und murmelte: „Machen Sie das Fenster zu, wenn es zieht."

Für Spaziergänge wurde ich auf das Dach geführt, irgendwo im elften Stock. Dies war das einzige Privileg der Häftlinge in der Einzelzelle; die der anderen Zellen wurden in den stickigen Höfen zwischen den Blöcken des Verwaltungsgebäudes spazierengeführt. Eines Tages wurde ich im Morgengrauen für den Spaziergang geweckt, es regnete in Strömen. Ich war sofort einverstanden, und der Wärter schlug verärgert die Klappe zu: Er hatte damit gerechnet, daß ich den Spaziergang ablehnen und er mich an diesem Tag nicht würde ausführen müssen.

Mit diesen Spaziergängen auf dem Dach verbindet sich die Erinnerung an meine ersten Tränen nach der Verhaftung. Einsam drehte ich zwischen den hohen Eisenzäunen meine Runden, als ich plötzlich Musik und Gesang hörte. Die Klänge kamen vom Roten Platz, wo in diesem Moment eine Sportlerparade stattfand. Es war der „Tag der Sportler", ein schönes Fest. Ich verstand nicht erst in diesem Moment, daß mir die Freude und der Reiz des Lebens versagt waren, das hatte ich bereits in der Zelle gewußt. Und doch, als ich dort zum erstenmal nach der Verhaftung und den Folterungen den Jubel der jungen Menschen hörte, empfand ich Bitterkeit, Trauer und Mitleid mit mir, aber auch die große Ungerechtigkeit, daß ich nun nicht mehr bei denen war, die das Leben genossen, sondern im Kerker war und möglicherweise vor neuen schrecklichen Prüfungen stand. Während der ganzen Zeit im Gefängnis und den Lagern habe ich viermal geweint, dreimal aus ganz banalen Anlässen, die mir einen Augenblick lang den vollen Umfang meiner Katastrophe bewußt machten.

Oft konnte ich das Gefühl des Schreckens und der Schwäche unterdrücken, sogar vollkommen überwinden, als existierten weder Schmerzen noch Angst. Eine große Hilfe waren mir die Bücher, die ich in der Einzelzelle erhielt. Es waren insgesamt vier, aber ich erinnere mich nur noch an die beiden, die tröstend auf mich wirkten. Sie waren ganz verschieden, Herzens „Erlebtes und Gedachtes" und Alphonse Daudets „Tartarin von Tarascon". Ich hatte sie natürlich ganz zufällig erhalten, fand aber in ihnen alles, was mich ermutigen konnte.

Es war wohl Vorsehung, daß Herzen mich in der Einzelzelle besuchte, um mich im tragischsten und vielleicht entscheidendsten Augenblick meines Lebens an die Bedeutung des Gedankens und des Wortes zu erinnern, um mir zu sagen, daß höhere Werte existieren, denen ein denkender Mensch die Treue halten muß, und daß ein Mensch, besonders wenn er den Schlägen des Schicksals ausgeliefert ist, seinen hohen Idealen und moralischen Werten weiterhin verpflichtet ist. Mir wurde das große Glück zuteil, bei Herzen die Worte lesen zu können, ein schwacher Mensch werde in der Einzelzelle schwächer, der starke jedoch stärker. Und ich wollte stark sein ...

Als mich der Gedanke erfaßte, mein Leben könne mit vierzig Jahren, das heißt auf dem Höhepunkt meiner Kräfte, zu Ende sein, drohte ich zu verzweifeln. Um diese Verzweiflung zu überwinden, wandte ich Autosuggestion an. Vermessen stellte ich mir vor, Julius Cäsar zu sein; als er auf See vom Sturm überrascht wurde, sagte er, das Schiff werde nicht sinken, weil Cäsars Stern nicht untergehe. Ich sagte mir: Gerade weil ich mich auf dem Höhepunkt meiner Kräfte befinde, kann mein Stern nicht auf Dauer in der Einzelzelle eingesperrt bleiben. Eine vermessene, aber rettende Selbsttäuschung!

Von Jugend an war ich davon überzeugt, daß der

Mensch Schmied seines Glückes, seines Schicksals ist. Diese Überzeugung verließ mich während aller Widrigkeiten des Lebens nicht, selbst wenn die Situation für mich sehr ungünstig war, wenn Konflikte im privaten oder öffentlichen Leben entstanden. Im Gefängnis habe ich verstanden, daß nicht nur die Natur, sondern auch die Gesellschaft unüberwindbare und bedrohliche Kräfte hervorzubringen vermag, denen ein Individuum weder widerstehen noch entgegenwirken kann. Aber ich wollte mir die Kraft meines Willens und meiner Gedanken nicht nehmen lassen: Das wiederholte ich in der Einzelzelle immer wieder.

Sicherlich vermochte die Autosuggestion allein, die lediglich auf intellektuellem Spiel oder biologischer Lebensbindung basiert, mich weder vor Verzweiflung noch Tod zu retten. Aufgrund eigener Erfahrung scheint mir die erfolgreichste Form der Autosuggestion diejenige gewesen zu sein, die ich intuitiv benutzte. Ich redete mir ein, ich müsse unbedingt den Ideen (oder Illusionen) aus der Zeit vor meiner Verhaftung treu bleiben. Selbst in der Einzelzelle, nach den Folterungen, redete ich mir ein, daß Gefängnis, Kerker, Verleumdung, Gesetzlosigkeit, die Erschießung unschuldiger Menschen kein prägendes Charakteristikum des Staates seien, in dem ich lebte, der Ordnung, der ich treu und wahrhaftig gedient hatte. Ich redete mir ein, diese Überzeugung sei noch immer unentbehrlicher Bestandteil meiner Weltanschauung, ich zog eine klare Trennlinie zwischen dem, was ich während der „strengen Untersuchung“ erlebt hatte und meiner Vorstellung von der sowjetischen Gesellschaft, dem Sozialismus und meinen Pflichten gegenüber der Gesellschaft. Nach der Katastrophe suggerierte ich mir, meine Pflicht und meine Rettung liege nicht nur darin, ein aufrichtiger Mensch zu bleiben, selbst in den Händen der Henker wie ein ehrlicher Bürger zu handeln, sondern auch darin, den Glauben an die Ideale meiner

Jugend nicht anzutasten, meine innere Welt unberührt zu erhalten.

Unabdingbarer Teil meiner inneren Welt, meines Seelenreichtums, der mir Kraft und Lebenswillen verlieh, war die Liebe. Ungefähr ein Jahr vor meiner Verhaftung hatte ich, ohne die Katastrophe zu ahnen, in meinem Tagebuch von meiner Liebe geschrieben: „Sie bleibt bei mir, die Liebe kann nicht sterben!“ Nun sagte ich mir immer wieder, daß ich für die Liebe leben müsse. Daraus folgte – natürlich nicht logisch, sondern emotional –, daß ich unbeschwert bleiben mußte, so wie ich meine Nächsten sehen wollte. Der Gedanke an eine ewige Trennung ist mir niemals in den Sinn gekommen.

Ich dachte sehr viel an meine Tochter. In Gedanken redete ich mit ihr und versuchte, ermutigende und klare Worte zu finden, um sie zu stärken, ihr nicht nur Optimismus, sondern auch Zivilcourage einzuflößen. Während meines ganzen Lebens half mir die Überzeugung, frei und kritisch zu denken, und jetzt in der Einzelzelle dichtete ich für meine Tochter Verse darüber, nicht aufzugeben, nicht zu verzweifeln. Sie waren Beschwörungen, die auch über die Entfernung den Schatten zerstreuen sollten, den das Unglück unserer Familie auch auf das Leben meiner Tochter geworfen hatte.

In der letzten Zeit in der Einzelzelle hatte ich meinen Glauben an die unzerstörbare Kraft der Liebe zu meiner Frau und meine Treue zum Sowjetland in einem Gedicht formuliert, das ich „Schwur“ nannte und das ich sogar dem Untersuchungsrichter vortragen wollte (was ich nie tat). Darin hieß es u. a.: „Kein Wort, keine Folter – und sei's bis aufs Blut – läßt Treue zum Land in mir wanken!“ An dem ursprünglichen Text des in der Einzelzelle verfaßten Schwures nahm ich zunächst in Gedanken, später schriftlich kleine stilistische Korrekturen und eine einschneidende Änderung vor. So hieß es in der in der Zelle ausgearbeiteten Version: „Keine Macht, kein Wort erschüttern in mir meine Treue zu Führer und Volk." Ich wagte also nicht, das unheilvolle Wort „Folter" auch nur in meinen gedachten Gedichtfassungen zu benutzen; ohne Hoffnung, es jemals aufschreiben zu können, wollte ich es dem Untersuchungsrichter vorsprechen und schwor sogar nach den Folterungen dem unheilvollen „Führer" die Treue.

Es ist mir ebenso unangenehm wie im vorigen Kapitel, über die mir zugefügten Erniedrigungen zu berichten. Aber ich halte es für meine Pflicht, auch dieses zu notieren, weil es nicht nur meine seelische Verfassung zu jener Zeit, sondern die zahlreicher Sowjetbürger, ja einer ganzen Generation charakterisiert. Konfrontiert mit dem bornierten und starren Festhalten am „Personenkult Stalins", muß ich meine Empörung zurückhalten: Wenn sich schon damals die Opfer des Stalin-Terrors in den Kerkern und Lagern nicht von der sklavischen Treue zu den ihnen eingeimpften Dogmen zu befreien vermochten, wie groß mußte dann erst die Trägheit und die Macht der Dogmen der in Freiheit verbliebenen Menschen sein, die unter dem Diktator den gewonnenen Krieg feierten?

Unstreitig bleibt, daß ein unschuldiger und der Idee verpflichteter Mensch, ein ins Gefängnis geworfener Patriot, der Heimat und dem Volk die Treue schwor. Aber die zersetzende Wirkung des Stalin-Regimes zeigte sich darin, daß ein denkender Mensch, der selbst zum Opfer der Willkür geworden war, der wußte, daß Stalins Handlanger abertausende Unschuldiger vernichtet hatten, gleichwohl in Gedanken seine politische Loyalität zum Stalin-Regime beteuerte, einem Regime, das für das Volk ungerecht und unheilvoll war. So sehr ich auch genau und selbstkritisch zu sein versuche, muß ich doch feststellen, daß die standhafte Beteuerung meiner Unschuld und die entschiedene Weigerung, falsche Aussagen zu machen oder jemanden zu diffamieren, daß also mein gesamtes mutiges Verhalten während der „strengen“ Untersuchung nicht ausschloß, daß ich doch freiwillig und ohne Zwang ein willfähriger Diener des Regimes geblieben wäre, wäre ich damals plötzlich freigelassen worden.

KAPITEL VI

Auf dem Schlangenpfad

1. Anklageschrift

Obwohl ein Mensch in der Einzelzelle auf ausschließliche und schmerzlichste Art von der Gesellschaft und der Welt isoliert wird, gewährte mir die Zeit dort eine Atempause. Es gelang mir, die unmittelbaren Gefahren zu ignorieren, die außerhalb der Zelle auf mich lauerten. Ich lebte weiterhin in einer Welt der Ideale. „Auch die Dunkelheit gewährt mir Raum zum Denken“, heißt es in dem gleich nach dem „Schwur“ verfaßten Gedicht.

In der Gefängniszelle dachte ich nach und empfand keine Furcht. Sobald man mich aber zum Verhör holte, überfiel mich eine panische Angst. Natürlich hatte ich guten Grund, mich vor neuen Verhören zu fürchten: Ich wußte, wie schwer Folter zu ertragen ist und auch, daß mein Widerstand schwächer wurde, vor allem, weil meine zahlreichen Narben noch nicht verheilt waren.

Die Angst vor der Folter war ein demoralisierender Faktor, nicht weniger gefährlich als die Schläge selbst. Die Folterungen rauben dem Menschen die Körperkraft, er kann im eigentlichen Wortsinn die Widerstandsfähigkeit verlieren und entkräftet in den Abgrund stürzen, an den die Folterknechte ihn treiben wollten. Die Angst vor Folterungen hingegen beraubt den Menschen nicht seiner Kraft, sondern seines Willens. Die Angst vor der unausweichlichen Kapitulation, die am

Ende der Folter steht, führt zum verzweifelten Suchen nach imaginären Wegen der Rettung, während der Unglückliche seinem Untergang entgegengeht.

Man kennt das Experiment mit wilden Hasen: In Käfige eingesperrt, neben denen Tag und Nacht Hunde bellten, starben die Hasen vor Angst, obwohl die Hunde ihnen keinen Schaden zufügen konnten ... Hörte ein Untersuchungshäftling die Gefolterten im Nebenzimmer schreien, erfuhr er von Gefängnissen, die noch inhumaner waren als das, in dem er sich befand (und diese Berichte waren wahr), drohte der Untersuchungsrichter den Kerker an (und dies war eine reale Drohung), sah der Gefangene an seinem Nachbarn Spuren von Mißhandlungen, dann verlor er manchmal die Selbstbeherrschung eher als unter Folter. Ganz zu schweigen von der Angst, ohne Gerichtsurteil erschossen zu werden ...

Nach einer Pause schleppte man mich im Juni 1939 wieder zum Verhör, und ich erwartete voller Grauen die Wiederholung der Folter. Der erste Eindruck schien meine Befürchtungen zu bestätigen. Ich saß in Erwartung des Untersuchungsrichters in einem leeren Zimmer und bemerkte, daß Decke und Wände mit Filz schalldicht ausgeschlagen waren. Als seien Maßnahmen getroffen worden, daß Geräusche aus dem Zimmer nicht auf den Flur dringen konnten. Ich erstarrte. Zusammengekrümmt erwartete ich auf einem Stuhl in einer Ecke des Zimmers den Untersuchungsrichter oder Folterknecht. Plötzlich aber kam mir ein rettender Gedanke. Während ich die Wände betrachtete, fiel mir ein, daß ich in den zwanziger Jahren als Leiter des Arbeitsschutzes des Volkskommissariats für auswärtige Angelegenheiten dafür gesorgt hatte, die Wände der Schreibbüros mit schalldämmendem Stoff zu bespannen; dies wurde später zu einer Selbstverständlichkeit. Erst da begriff ich, daß ich in einem gewöhnlichen Schreibbüro saß, das zeitweise in ein Arbeitszimmer für den Untersuchungsrichter umgewandelt worden war. Dieser Gedanke half mir, die Panik zu überwinden. Der Mechanismus der Selbstkontrolle hatte eingesetzt.

Endlich erschien der Untersuchungsrichter und setzte sich mit besorgt-beschäftigter Miene an den Schreibtisch. Vor mir saß ein mir völlig Unbekannter. Ich hatte natürlich nicht alle Gesichter der vorangegangenen Verhöre behalten können, zweifelte aber nicht, diesen Oberleutnant zum erstenmal zu sehen. Der Untersuchungsrichter Romanow schien ein qualifizierter, wenn auch nicht sehr gebildeter Mensch zu sein, der, wenn schon nicht mit der Jurisprudenz, so doch mit den Formen und Regeln der Geschäftsführung wohlvertraut war. Von der ersten Minute an benahm sich Romanow, als fange er gerade an, sich mit der Untersuchung meiner Sache zu befassen und als sei er der erste, der dies tue. Ich erwähnte das Geschehen vor der Übergabe des Falles an Romanow ebenfalls nicht. Eine Zeitlang geschah zwischen uns alles in scheinbar stillschweigender Übereinkunft. Ich hoffte, in Ruhe die Absichten des Untersuchungsrichters in Erfahrung bringen zu können und keinen Anlaß für erneute Folterungen zu geben. Dem Untersuchungsrichter paßte eine derartige „Übereinkunft". Er sollte vermutlich versuchen, mir gefälschte Aussagen vorzuhalten und von mir einige Antworten zu bekommen, um an meiner Reaktion abzuschätzen, „was von mir zu erfahren war". Möglicherweise aber sollten diese Verhöre lediglich die Pause ausfüllen, bis man „an der Spitze" über das Schicksal M. M. Litwinows und seiner engsten Mitarbeiter entschieden hatte.

Unabhängig von den Absichten derer, die zu dieser Zeit über meine Sache bestimmten und dem Untersuchungsrichter Direktiven erteilten, irrte ich in der Annahme, ich könne erneuten Folterungen entgehen, indem ich die bisherigen Untersuchungen verschwieg und Proteste unterließ. Kabulow und andere Folterknechte brauchten keine Anlässe: Sie folterten, wenn *sie* es für nötig hielten oder es ihren „Spielregeln“ entsprach (es gab zwar keine Gesetze, aber offenbar irgendwelche Regeln).

Soweit ich mich erinnere, begann der Untersuchungsrichter seine Verhöre mit formalen Fragen nach Personalien oder ähnlichem. Er wiederholte gewissermaßen das, was Kabulow bereits bei der ersten Begegnung erledigt hatte. Danach zeigte er mir den Haftbefehl; er war von Berija persönlich unterschrieben und von Wyschinski bestätigt. Diese Unterschriften verpflichteten jeden Mitarbeiter der Staatsanwaltschaft und der Untersuchungsbehörden, mich als überführten Verbrecher anzusehen. Offenbar verstand ich damals die schicksalhafte Bedeutung dieses Umstandes nicht. Ich sage offenbar, weil mir heute meine damalige Naivität unfaßbar erscheint. Während ich in der Einzelzelle saß, rechnete ich aus, daß seit meiner Inhaftierung bald zwei Monate verstrichen sein würden und damit auch die Frist, die, wie ich mich vage erinnerte, für die Voruntersuchung bestimmt war. Daher flammte, als ich zum Verhör gerufen wurde und der Richter mit den Formalitäten begann, die Hoffnung in mir auf, die Leiter der Untersuchung seien nun dabei, meinen Fall abzuschließen, nachdem sie sich von meiner Unschuld sowie davon überzeugt hatten, daß sie von mir sogar unter Folter keine falschen Aussagen erhalten konnten ...

Tatsächlich aber, so begriff ich später, standen diese Formalitäten damit im Zusammenhang, daß die vorhergehenden Untersuchungen nicht protokolliert worden waren; es konnte so hingestellt werden, als sei ich bis Juni, also bis Oberleutnant Romanow meinen Fall bekam, nicht verhört worden. Diese Annahme wurde dadurch bestätigt, daß mir der Untersuchungsrichter genau zehn Tage nach dem ersten Verhör mit einigen Aussagen auch die Anklage vorlegte. Auf diese Weise war die Strafprozeßordnung eingehalten worden, wenn ... ja wenn man alles, was im Laufe der ersten Wochen im Inneren Gefängnis geschehen war, ignorierte.

Der Untersuchungsrichter las mir vor allem jene mich belastenden Aussagen vor, die bei den Ermittlungen als Begründung für meinen Haftbefehl herhalten mußten, womit er irgendwelchen Formalien Genüge getan hatte. In diesem Dokument, das meinen Haftbefehl formal begründete, gab es nicht eine einzige „Aussage", die die erlogene Behauptung, ich sei an antisowjetischen Tätigkeiten beteiligt gewesen, mit Fakten untermauerte. Nur eine dem Dokument beigefügte „Aussage" war jüngeren Datums und relativ ausführlich. Sie stammte von dem ehemaligen Botschaftsrat und Bevollmächtigten Gesandten in Frankreich, E. V. Hirschfeld.

Nachdem er Ende 1938 aus dem NKID entlassen worden war, wurde er, wie man mir erzählte, in der Nacht zum 1. Mai 1939 verhaftet. Die ungeheuerlichen Aussagen Hirschfelds waren auf den 1. Mai datiert. Ich wurde in der Nacht zum 11. Mai verhaftet. Ich war mit Hirschfeld nicht näher bekannt, hatte ihn aber häufig dienstlich und einige Male auch bei gemeinsamen Bekannten getroffen. Er war ein wirklich geistreicher, der Sache des antifaschistischen Kampfes und den Interessen des Sowjetstaates treu verbundener Mensch. Es ist gänzlich unwichtig, ob der arme Hirschfeld seine Aussagen selbst machte, weil er die Folter nicht ertragen konnte, oder ob der Untersuchungsrichter sie verfaßte. Denn letztlich kennzeichnet dieses Dokument nur die Absicht Berijas und seiner Handlanger. Auf anderthalb Seiten stand zu lesen, ich sei nach Krestinskis Verhaftung „der Kopf der antisowjetischen Organisation im NKID" gewesen und habe als eine somit „führende Persönlichkeit" Hirschfeld Instruktionen erteilt. In meiner zweijährigen Tätigkeit als Leiter der Presseabteilung hatten wir uns nur einmal gesehen; damals war er schon kein NKID-Mitarbeiter mehr und wandte sich an mich mit der Bitte, in der NKID-Bibliothek ausländische Zeitungen lesen zu dürfen, um journalistisch arbeiten zu können. Obwohl ich wußte, daß er „in Ungnade gefallen“ war, erlaubte ich es ihm. Und diese Begegnung fand ich in den „Aussagen“ als „Verschwörertreffen“ wieder. Die Folterknechte, in deren Klauen E. V. Hirschfeld gefallen war, hatten ebenso wie die, die mich folterten, nur eine Aufgabe: Auf jede beliebige Art die noch in Freiheit lebenden oder erst kürzlich inhaftierten Mitarbeiter des diplomatischen Dienstes in Verruf zu bringen – und damit auch M. M. Litwinow. Letzteres war natürlich die Hauptaufgabe, oder, um es in der Sprache der Verantwortlichen auszudrücken, „oberstes Ziel“. Möglicherweise hatten sie einen Plan und bereits im voraus beschlossen, den Namen M. M. Litwinows mit dem Fall N. N. Krestinskis zu verbinden, ungeachtet des Umstandes, daß Krestinski der einzige Angeklagte war, der im Schauprozeß standhaft seine Unschuld beteuert hatte.

Die „Aussagen“ von E. V. Hirschfeld haben mich nicht nur zutiefst empört, sondern auch verblüfft. Ich kann nicht sagen, ob mich die wüste und beleidigende Version meiner angeblichen verbrecherischen Tätigkeit oder meine derart „wichtige Rolle“ in der Phantasiewelt der Henker und ihrer Opfer mehr verwunderte. Obwohl ich in meinem Dienst selbständig zu handeln und zu denken gewohnt war, zählte ich mich nie zum führenden Kern des NKID. Jetzt im Gefängnis kamen mir vollkommen unangebrachte eitle Gedanken: War etwa meine Stellung im NKID-Apparat bedeutender gewesen, als mir selbst bewußt gewesen war, und wie könnte dies die Form der Verleumdungen gegen mich beeinflußt haben? Man sollte meinen, daß man diesen Widerstreit nichtiger Gefühle außer acht lassen könne. Nein, er ist ein wesentliches Moment. In einer Situation, wo Fakten keinerlei Bedeutung hatten, manchmal einfach nicht existierten, eine überschießende Phantasie aber ermuntert wurde, spielten niedere Gefühle wie Eitelkeit, Neid, falscher Ehrgeiz und Rachsucht eine sehr große Rolle. Manchmal schanzten sich Leute in der von ihnen selbst erfundenen antisowjetischen Organisation eine Führungsposition zu, weil sie glaubten, an Achtung zu gewinnen und Nutzen daraus ziehen zu können. Gerade derartige Gedanken sollte der Untersuchungsrichter mir einreden.

Ich bin nicht in diese Falle getappt, sondern bestritt die „Aussagen" von E. V. Hirschfeld energisch und verwies darauf, sie seien sowohl bezüglich der Tatsache unserer Begegnung als auch der wahnwitzigen Lügenmärchen über meine antisowjetische Tätigkeit unsinnig.

Die Schriftstücke, die mir der Untersuchungsrichter aus der Akte vorlas, enthielten Auszüge aus den Aussageprotokollen verschiedener NKID-Mitarbeiter, die vor geraumer Zeit verhaftet worden waren, aber diese Protokolle waren völlig unverständlich, fragmentarisch und alle mindestens ein Jahr alt. Wieder stellte sich die Frage: Warum waren diese alten Aussagen nicht schon früher Anlaß zu meiner Verhaftung?

Nachdem ich alle Verleumdungen entschieden bestritten hatte, faßte ich neue Hoffnung, meine Sache könne eine günstige Wendung nehmen. Beim Nachdenken in der Zelle kehrte ich sogar zu meiner ursprünglichen tröstenden Hypothese zurück: Ich werde überprüft, man wird sich von meiner Unschuld überzeugen, die Leiter der Untersuchung werden verstehen, daß sie mit mir nichts anfangen können.

Welche Qual bereitete es mir, als der Untersuchungsrichter mich mit der Anklageformulierung konfrontierte! Einige Tage nach dem sinnlosen Verhör zu den Aussagen, die „der Akte für die höhere Instanz" beigefügt waren, präsentierte mir der Untersuchungsrichter das schreckliche Dokument: Man setzte mich davon in

Kenntnis, daß ich mich strafrechtlich nach Paragraph 58, 1a, StGB * zu verantworten habe, das heißt, ich war des Hochverrates angeklagt; die nach diesem Paragraphen Verurteilten wurden in der Regel hingerichtet.

Das war ein furchtbarer Moment in meinem Leben, nicht so sehr, weil ich erkannte, welche Gefahr mir drohte, sondern weil ich nun folgendes begriff: Mein Staat hatte mir, seinem ganz und gar unschuldigen und treuen Diener, endgültig den Rücken gekehrt. Jedenfalls überwog zunächst ein Gefühl der Verwunderung und gar Kränkung. Anscheinend versuchte ich in diesem Augenblick nicht, erneut meine Schuldlosigkeit zu beweisen, ich war auch nicht erschrocken, ich zeigte nur meine äußerste Empörung. Der Untersuchungsrichter seinerseits kommentierte die Anklage nicht und begleitete sie auch nicht mit Drohungen. Er begann ein Gespräch mit mir. Mit offensichtlicher Neugier fragte er: „Aber was haben Sie denn erwartet?“ Ich antwortete, daß die Anklage, wenn ich schon verhaftet würde, auf Fahrlässigkeit und Verfehlung im Dienst hätte lauten müssen. Ich entsinne mich, einfach gesagt zu haben, was ich in jener Minute dachte. Meine Antwort aber spiegelte die Einstellung wider, die ich in jenem Stadium der Untersuchung hatte: Ich bestritt die mir vorgehaltenen Beschuldigungen entschieden als absurd, offensichtlich nicht real, war aber bereit, Fehltritte zuzugeben, die ich ohne mein Wissen begangen und derentwegen ich das Vertrauen der Regierung verloren hatte. Man sollte meinen, ein Untersuchungsrichter, der im Namen der Staatsmacht eine so schwere Anklage erhebt, müsse sich empören, wenn ein Staatsverbrecher seine Taten als

* Ab 1934 wurde der § 58, der unter anderem für „Staatsverbrecher“ (C=Conterrevolutionäre Handlungen) Anwendung fand, um die Punkte 1a–1d ergänzt: Hochverrat. (vgl. dazu: A. Solschenizyn, Archipel Gulag, Bern u. München 1974, Scherz-Verlag, S. 69, [I. Band]). (Anm. d. Übers.)

Verfehlung im Dienst abtut. Romanow aber setzte das ruhige Gespräch fort; er zuckte mit den Schultern und äußerte sich etwa in dem Sinne, in dieser Situation dürfe man keine andere Formulierung der Anklage erwarten.

Auch verstehe ich jetzt, daß diese Anklage aufgrund von Paragraph 58, 1a ein ganz gewöhnlicher Akt von Gesetzlosigkeit, ja ein rein bürokratischer Akt der Handlanger Stalins und Berijas war. Aber in der von mir beschriebenen Zeit empfand ich die Anklage wegen Staatsverrats als ungerechten und schweren Schlag, den mein Staat mir versetzt hatte.

2. Verhöre und Fälschungen

Mitte 1939 wurde ich in eine Gemeinschaftszelle verlegt. Von meinen Mitgefangenen erfuhr ich vieles, was ich bisher nicht gewußt hatte. Auch später hörte ich von tragischen Schicksalen, aber was ich während meiner ersten Gefängnismonate erfahren habe, hat sich meinem Gedächtnis für immer eingeprägt.

Geschichten über Erschießungen wechselten mit Geschichten über Folterungen, feuchte Keller, pausenlose Untersuchungen. Vor mir eröffnete sich das Panorama des Massenterrors, genauer gesagt: der Technik der Massenrepressalien und Hinrichtungen. Damals hörte ich von den – mittlerweile in einer Reihe von Memoiren beschriebenen – überfüllten Zellen im Butyrski-Gefängnis, besonders zu Jeschows Zeiten, in denen ein gerade Verhafteter auf einen Pritschenplatz wartete und unterdessen direkt am Latrinenkübel hockte, in denen die auf den Pritschen Liegenden sich auf Kommando gleichzeitig auf die andere Seite drehen mußten, weil ein einzelner nicht ausreichend Platz dazu hatte. Man erzählte mir über das Leben in der Zelle, in der der ehemalige Sekretär des Moskauer Parteikomitees, Kaminskij, Zellenältester war. Noch deutlicher und schrecklicher wurde das Bild des Terrors in den unheimlichen Erzählungen von überfüllten Todeszellen, in denen die Verurteilten manchmal mehrere Monate auf den Tod durch Erschießen oder auf die Begnadigung zu lebenslänglicher Haft warteten. Zur Technik des Massenterrors gehörte auch das System der Verurteilung ohne Gerichtsverfahren, die Todesurteile wurden auf Staatsebene nach Listen von einer „Troika" verhängt, dies geschah aber auch auf der Ebene der Unionsrepubliken oder autonomer Gebiete. Es ist bekannt, daß eine solche „Troika" aus je einem Vertreter der Straforgane, der Staatsanwaltschaft und der Parteiorganisationen – auf der jeweils entsprechenden Ebene – bestand.

Mit dem Verlassen der Einzelzelle durchbrach ich den geschlossenen Kreis meiner eigenen Leiden. Jede Erzählung, jede neue Begegnung und neue schreckliche Fakten erweiterten meine Erfahrungen. Diese Last schleppte ich mit mir zum Verhör.

In jenen Sommermonaten verliefen die Verhöre ohne physische Leiden oder Beleidigungen. Der Untersuchungsrichter verhielt sich mir gegenüber sogar gelegentlich menschlich; einmal, als er mich allein gelassen hatte, ging ich zum Fenster und blickte auf den Dserschinski-Platz hinunter. Augenblicklich schoß der Gedanke durch meinen Kopf: Soll ich die Fensterscheibe zerschlagen und aus dem Fenster springen? Aber das widersprach meinen Absichten, zudem verzauberte mich der Anblick des freien Lebens: Menschen grüßten einander und gingen nach verschiedenen Seiten auseinander, Mädchen und Kinder liefen vorüber, mich berauschte das Spiel der Lichter und der leuchtenden Farben, das wunderbare Bild, von dem ein Gefangener immer nur träumt. Plötzlich sagte Oberleutnant Romanow leise: „Nicht wahr, Gnedin, Sie haben es schwer?" – „Es ist schwer für einen lebenden Menschen, hinter Schloß und Riegel zu sitzen“, antwortete ich etwas verwirrt.

Drückte diese Äußerung menschliche Gefühle aus? Hatte er mich doch möglicherweise sogar am selben Tag mit der gleichen weichen Stimme gefragt: „Haben Sie Geld bekommen?“, worauf ich treuherzig antwortete: „Noch nicht, aber ich hoffe, welches zu bekommen.“ In seinem Gesicht spiegelten sich Verwunderung, sogar Verlegenheit: Ich hatte geglaubt, er habe mich gefragt, ob ich eine Geldüberweisung für den Gefängnisladen bekommen hatte, er aber wollte, wie sich herausstellte, wissen, ob ich „für die antisowjetische Tätigkeit“ Geld bekommen hatte.

Erwähnenswert ist ein von Oberleutnant Romanow angewandter Trick. Als er einmal aus dem Zimmer ging, ließ er absichtlich die nach meiner Verhaftung erhaltene Denunziation in der Annahme liegen, ich werde in seiner Abwesenheit, mit aller Vorsicht, die auf dem Tisch liegenden Papiere lesen. Es handelte sich um die Beschuldigungen eines Mitarbeiters der Auslandsabteilung der *Iswestija*-Redaktion; der Denunziant teilte im Zusammenhang mit meiner Verhaftung mit, ich sei mit dem damaligen stellvertretenden Redakteur der *Iswestija,* J. G. Selich, befreundet gewesen. Nachdem ich dies gelesen hatte, achtete ich selbstverständlich darauf, in meinen Antworten den Namen J. G. Selichs nicht zu erwähnen.

Als ich allein war, versuchte ich mir vorzustellen, welche Fabel sich aus dieser Behauptung zusammendichten ließ. Dieses düstere Spiel der Phantasie kann als „Modell“ dafür dienen, wie in anderen Fällen die damals so häufige Kettenreaktion der Verleumdungen entstand. Selich stand Woroschilow sehr nahe, ich war ein enger Mitarbeiter Litwinows. Auf meiner Zellenpritsche liegend, amüsierte ich mich mit der Vorstellung, welche Sensation ich hervorrufen würde, wenn ich dem Untersuchungsrichter die phantastische Version unterbreitete, Selich und mich verbinde gemeinschaftliche, gegen die Regierung gerichtete Pläne Woroschilows und Litwinows. Zweifellos hätten Berija und sein Stab einen neuen, vielversprechenden Fall, ich wäre ein privilegierter Gefangener, bis man mich heimlich erschießen würde, entweder als „Mitglied einer großen Verschwörung" oder als gefährlichen „Zeugen", der seine Rolle ausgespielt hat.

Ich wiederhole: Indem ich mir diese Geschichte in der Zelle ausdachte und hier wiedergebe, konstruiere ich ein Modell, durch das besser verständlich wird, auf welche Weise Untersuchungen und Prozesse anderer Fälle allmählich durch ungeheuerliche Einzelheiten erweitert wurden (und auch von ungeheuerlichen Repressalien begleitet waren). Dieses Produkt meiner Phantasie kann die Antwort auf eine Frage erleichtern, die heute noch im Hinblick auf die Methoden und Rätsel des Terrors unter Stalin gestellt wird: Wenn die Willkür grenzenlos war, wenn unentwegt Fälschungen fabriziert wurden, warum war es dann nötig, Aussagen zu erzwingen, warum wurde überhaupt gefoltert? Zur vollständigen Beantwortung dieser Frage müßten wir das ganze System der Innenpolitik Stalins, die Geschichte seines Kampfes gegen seine Widersacher in Betracht ziehen. Im Rahmen meines Berichts beschränke ich mich darauf, anhand des ausgedachten „Modells" zu demonstrieren, daß Untersuchungsrichter und Folterknechte die Aussagen der Verhafteten als Informationsmaterial ebenso brauchten wie die Mitwirkung ihrer Opfer, und sei es nur, weil die Opfer mehr wußten und klüger waren als die Henker. Eine schreckliche Sache – so ein Bund zwischen Opfer und Henker!

Wie aber kann das Opfer sich während des Verhörs treu bleiben? Obwohl ich in jenen Tag keine physischen Qualen erduldete, waren die moralischen Folterungen die wohl schwersten während der gesamten Untersuchungszeit. Fast wäre auch ich in eine Falle gegangen, die sich für andere Unschuldige als tödlich erwies. Auch für mich war es nicht leicht, diese Falle zu umgehen. Köder war die Chance, den Folterungen zu entkommen und darüber hinaus sogar die Illusion hegen zu können, „normale Beziehungen" zum Untersuchungsrichter seien möglich.

Sogar eine derartige, gänzlich neuartige Situation bot Voraussetzungen für ein scheinbares Einvernehmen, eine Art Übereinkommen zwischen Untersuchungsrichter und Verhaftetem. Erklärten nämlich sowohl ein Vertreter der Staatsmacht, der einen Menschen politischer Verbrechen beschuldigte, als auch dieser so Beschuldigte, der die Anklage von sich wies, beide ihre Zugehörigkeit zu derselben Politik, derselben Regierung, sogar zu demselben Menschen, dem Führer der Partei, und taten sie dies unmittelbar nach den Folterungen, in einer Atmosphäre der Angst vor ihrer Fortführung, dann wurde die Bereitschaft eines verhafteten Sowjetbürgers, eine gemeinsame Sprache mit dem Untersuchungsrichter zu finden, zum wirksamsten Instrument der Folterknechte und Fälscher.

Natürlich geschah es hin und wieder, daß ein Häftling zynisch berechnend eine Abmachung mit dem Untersuchungsrichter traf. Oft aber konnten sich die Häftlinge von dem Gedanken nicht befreien, der Untersuchungsrichter sei letztlich ein Funktionär des Staatsapparates, wie sie selbst es unlängst noch gewesen waren, und so meinten sie, das Dunkel werde weichen, wenn es gelänge, mit dem Untersuchungsrichter ins Gespräch zu kommen und eine „gemeinsame Sprache" zu finden. Auch ich hegte gelegentlich derartige Illusionen. Sehr viele Verhaftete bemühten sich, den Untersuchungsrichter nicht zu verärgern, um ihrer Familie nicht zu schaden oder mit ihr Kontakt aufnehmen zu können. Konnte ich mir, nachdem ich über den Untersuchungsrichter Nachrichten von meiner Familie erhalten habe, noch bedenkenlos einen Konflikt mit ihm erlauben? Die Lage wurde immer schwieriger. Es war unmöglich, auf der eigenen Schuldlosigkeit zu beharren, sich zugleich den Forderungen der Untersuchung zu fügen und einen Konflikt mit dem Untersuchungsrichter und die möglichen Folgen zu vermeiden.

Nachdem der Untersuchungsrichter die verleumderischen Aussagen vorgetragen, präziser gesagt: vorgelesen hatte (wie sich später herausstellen sollte, handelte es sich nur um einen Teil des vorbereiteten Materials), begann er mir Fragen zu stellen über meine Tätigkeit, meine Mitarbeiter und die allgemeinen Verhältnisse beim NKID. Die bereits von Kabulow und Woronkow gestellten Fragen wiederholten sich, doch mit großer Aufmerksamkeit hinsichtlich Details und der korrekten Form. Zuvor war ein derartiges Verhör von Schlägen begleitet gewesen, deren schmerzhafte Folgen ich noch immer spürte. Heute begreife ich – damals konnte ich dies nicht verstehen –, daß während dieser neuen Verhöre in meinem Bewußtsein eine Art bedingter Reflex entstand: Die Wiederholung der mir unter Folterungen gestellten Fragen rief die Erinnerung an die mir damals zugefügten Leiden wach und ließ auch die Angst wieder aufflakkern, ich geriet in Verwirrung. Solange es um offenbar erlogene Aussagen ging, konnte ich sie sicher und ohne langes Nachdenken bestreiten. Wie aber hatte ich Fragen zu beantworten, die mehr als ein einfaches „Nein" verlangten? In der Zelle und auf dem Weg zum Verhör quälten mich Zweifel: Wie soll ich heute die Fragen des Untersuchungsrichters nach realen Fakten und Ereignissen beantworten, ohne andere Menschen zu belasten, ohne mir selbst irreparablen Schaden zuzufügen, ohne Anlaß für Folterungen zu geben und dabei Konflikte mit dem Untersuchungsrichter umgehen.

Nach einigen Tagen fiel Licht in das Dunkel. Ich bin sicher, ich würde noch heute die Stelle, an der ich meine innere Stimme vernahm, wiedererkennen. Ich wurde durch einen Korridor in den Untersuchungsblock des „Großen Hauses“ zum Verhör geführt; auf diesem Weg preßten zwei Wächter meine Ellenbogen immer besonders fest gegen meinen Rücken, in meinem Kopf kreiste unablässig derselbe Gedanke: Was soll ich tun, wie soll ich antworten? Und plötzlich wußte ich es: Ich muß nicht jedesmal qualvoll überlegen, was ich antworten soll, ich muß mir nicht den Kopf zerbrechen. Ich werde die Wahrheit sagen, die einfache, schlichte Wahrheit, ich werde sagen, was ich weiß und denke. Ich habe keine Verbrechen begangen, ich weiß nichts von Verbrechen, die jemand anders begangen hat, und so kann ich niemandem schaden, wenn ich die konkreten Fragen genau beantworte und mich zugleich gegenüber dem Untersuchungsrichter korrekt verhalte.

In meiner Kindheit hörte ich meine Mutter oft sagen: „Die beste Lüge ist die Wahrheit!“ Wie leicht findet sich ein Ausweg sogar aus verzweifelter Lage, wenn man solch einfachen Moralprinzipien folgt! Dies war die entscheidende Erkenntnis, die mir die Selbstbeherrschung wiedergab und die Verlockung endgültig gegenstandslos machte, meine Rettung in einer, wenn auch harmlosen, Lüge zu suchen. Und doch war dies nicht die freie Entscheidung eines Menschen, der den Sinn des Geschehens wirklich verstanden hatte und zu einer entsprechenden Schlußfolgerung gekommen war.

Ich habe bereits erwähnt, daß zwischen dem Untersuchungsrichter Romanow und mir von Anfang an eine Art von stillschweigendem Übereinkommen existierte: Wir verhielten uns beide, als habe es zuvor keine Untersuchung, keine Folterungen, kein gefälschtes Protokoll gegeben. Meine Bereitschaft zu einem solchen Übereinkommen war damals ganz naheliegend: Ich konnte mir vorstellen, alles Bisherige sei annulliert worden, weil die Folterknechte durch die Folter nichts erreicht hatten. Dann aber kam der zweite Teil des Übereinkommens: Der Untersuchungsrichter hielt mir die verleumderischen Aussagen vor, als glaube er sie selbst, und ich verhielt mich, als glaube ich aufrichtig an seine Täuschung und bestritt die Verleumdung, als hoffe ich, ihn überzeugen zu können. Übrigens war es für mich nicht nur Spiel, ich hoffte wirklich noch immer, das Netz der Verleumdung und Diffamierung zerreißen zu können.

Darauf folgte der nächste, der gefährlichste Schritt: Der Untersuchungsrichter verlangte von mir konkrete Antworten auf konkrete Fragen über tatsächliche Ereignisse, tatsächliche Umstände, über Menschen und ihre Handlungen, wobei er Materialien für falsche Beschuldigungen sammelte, sich aber verhielt, als wolle er die realen Verbrechen von mir und anderen Menschen aufdecken; ich tat weiterhin, als wolle ich ihn zu der Einsicht bewegen, er irre sich oder sei irregeführt worden, als bemühte ich mich, präzise und wahrheitsgetreue Antworten zu geben und zu beweisen, daß ich an keinem Verbrechen beteiligt gewesen war, daß meine Tätigkeit und die meiner Mitarbeiter immer dem Wohle des Staates dienten. Und dieses Spiel war dem Untersuchungsrichter sehr wohl bekannt! Also bestand dieses stillschweigende Übereinkommen zwischen uns darin, uns gegenseitig etwas vorzumachen. Wie konnte ich hoffen, das Gestrüpp aus Lüge und Fälschung durch wahrheitsgetreue Antworten zu entwirren? Die Wahrheit konnte in einer Situation, in der Täuschung und Willkür keine Grenzen hatten, in ihr Gegenteil umschlagen.

Der Untersuchungsrichter fragte mich, ob M. M. Litwinow wirklich Ansichten geäußert habe, die vom Gesichtspunkt der *Prawda* oder anderer offizieller Organe abwichen. Unter der Folter hatte ich den gegen Litwinow erhobenen Beschuldigungen, er sei an regierungsfeindlichen Handlungen beteiligt gewesen, entschieden widersprochen. Nun beantwortete ich diese Frage, ohne von der Wahrheit abzuweichen, sinngemäß so, daß M. M. Litwinow zu vielen Problemen der Außenpolitik oft seine eigene Meinung gehabt hätte. Ich dachte dabei hauptsächlich an Litwinows Haltung hinsichtlich der Möglichkeiten, die von dem faschistischen Deutschland ausgehende Kriegsgefahr zu bannen. Ein Weg schien eine zu bildende kollektive Gegenwehr; darunter verstand ich insbesondere die Behandlung dieses Problems durch die Presse. M. M. Litwinow und ich hatten unter Litwinows Leitung im Vergleich zu den offiziellen Publikationen der TASS eine größere Anzahl Publikationen mit Informationen versorgt. Die Artikel im *Journal de Moscou* (Organ des NKID), das unter meiner Aufsicht (die Leitartikel wurden oft von mir verfaßt) in französischer Sprache erschien, unterschieden sich manchmal in Schreibweise und Analyse der Ereignisse von den offiziellen Artikeln unserer anderen Zeitungen. All dies erklärte ich dem Untersuchungsrichter nicht. Ich beschränkte mich auf die Bemerkung, daß ich mit dem Volkskommissar, der die Parteilinie in die Tat umsetzte, in allem übereingestimmt habe.

Auf die Frage, welcher der diplomatischen Mitarbeiter M. M. Litwinows nahegestanden habe, nannte ich allgemein bekannte Namen – Litwinows Bridgepartner. Obwohl ich mich damit auf die Nennung unwesentlicher privater Beziehungen Litwinows beschränkte und hinzufügte, ich sei niemals in seiner Wohnung gewesen (was der Wahrheit entsprach), hätten auch diese wahrheitsgetreuen Antworten als Material für ungeheuerliche Fälschungen dienen können. Ich habe bereits berichtet, wie der Untersuchungsrichter E. V. Hirschfelds harmlose Mitteilungen über seinen einzigen Besuch bei mir gegen mich auslegte.

Aus vielen Gründen war ich sehr besorgt, als ich zu

meinem Stellvertreter in der Presseabteilung des NKID, G. N. Schmidt, befragt wurde. Ich ahnte, daß er bereits ausgesagt hatte und fürchtete nun, ihm zu schaden.

Als ich verhört wurde, wußte ich, daß Litwinow von seinem Posten abgesetzt worden war; unter diesen Umständen konnte die Information, G. N. Schmidt habe, im Gegensatz zu mir, kritisch zu Litwinow gestanden (was der Wahrheit entsprach), ihm nutzen und dazu beitragen, daß er mit den Fehltritten des inkriminierten Litwinow und dessen Mitarbeitern nicht in Verbindung gebracht wurde. So berichtete ich also wahrheitsgetreu von den kritischen Bemerkungen, die mein Stellvertreter über Litwinow gemacht hatte. Leider ließ sich auch diese Wahrheit in eine Lüge verwandeln. Die Fälscher konnten mit ihren üblichen Methoden alles, was ich sagte, als Beweis für G. N. Schmidts Beteiligung an ihm bekannten „zersetzenden Handlungen“ des Volkskommissars auslegen. Um diesem Betrug entgegenzuwirken, fügte ich der „rettenden Wahrheit“ eine „rettende Lüge“ hinzu: Da man uns zu beschuldigen versuchte, die Presseabteilung habe ihre Arbeit in die falsche Richtung getrieben, übernahm ich die volle Verantwortung für die Tätigkeit der Abteilung und erklärte, mein Stellvertreter habe nicht wissen können, wann ich Abweichungen vom offiziellen Kurs zugelassen hatte oder hätte. Solche Fälle gab es nicht, doch das interessierte die Leiter der Ermittlung nicht, sie brauchten Geständnisse einer nicht existenten Verschwörung und natürlich auch einer ebenso wenig existenten Spionage.

Ohne es zu merken, gab ich allerdings widersprüchliche Antworten: Einmal sagte ich, mein Stellvertreter habe die Linie des Volkskommissars kritisiert, ein anderes Mal, er habe über Abweichungen von der allgemeinen Linie nichts gewußt. Als mich der neue Untersuchungsrichter im August fragte, wie diese widersprüchlichen Antworten in bezug auf meinen Stellvertreter zu erklären seien, antwortete ich, ich wisse nicht, wovon er rede. Erst im Oktober stellte ich bei der Aktenlektüre fest, daß der Untersuchungsrichter mich zurecht auf diese Diskrepanz hingewiesen hatte.

Die Ermittlungen im Fall Schmidt nahmen einen anderen Weg als in meinem Fall, und die Beteuerung meiner Unschuld vermochte den Ausgang kaum zu beeinflussen. Andererseits verliefen die Ermittlungen in seiner und meiner Sache während der Sommermonate des Jahres 1939 parallel. Das zeigte sich unter eigenartigen Umständen. Im Juli betrat während eines Verhörs ein intelligent aussehender Mann in Zivil Romanows Arbeitszimmer und stellte sich als Vertreter der Staatsanwaltschaft vor. „Haben Sie Klagen?“ – fügte er knapp hinzu und begann sofort, mit dem Untersuchungsrichter ein Protokoll der Untersuchungsprüfung zu schreiben. Ich machte mir keinerlei Hoffnungen oder Illusionen, daß der Staatsanwalt an der Wahrheit interessiert sei. Dennoch war ich überrascht, als er einen Satz aus diesem Protokoll verlas: „Überführt als Spion Deutschlands, Frankreichs und Englands.“ Sogar der Untersuchungsrichter hielt eine solch unsinnige Anhäufung erlogener Beschuldigungen für übertrieben und schlug noch in meiner Anwesenheit vor, eines der Länder zu streichen. Der Staatsanwalt war einverstanden, wobei ihm völlig gleichgültig war, welches gestrichen wurde. Daß der Untersuchungsrichter eine Korrektur vornahm und ich aus meiner Ecke kritische Bemerkungen machte, verwunderte den Vertreter der Staatsanwaltschaft sichtlich. Er fragte halblaut, ohne sich darum zu kümmern, daß ich es hören konnte: „Wer ist das? Schmidt oder Gnedin?“ Der Staatsanwalt schrieb also ein Protokoll und bemühte sich nicht einmal festzustellen, um wessen Fall es sich handelte. Daraus konnte ich schließen, daß er meinen Fall und den meines Stellvertreters gleichzeitig „prüfte“.

Der Besuch des Staatsanwalts bestärkte mich in meiner Absicht, den Fälschungen möglichst viele wahre Fakten gegenüberzustellen, die davon zeugten, daß weder ich noch andere Diplomaten gegen den Staat gearbeitet hatten.

Ich versuchte, von der Treue zur Sache zu sprechen und die Aufrichtigkeit meiner vor mir verhafteten und in der Fälschung namentlich erwähnten Freunde und Mitarbeiter zu betonen; der Untersuchungsrichter unterbrach diese Versuche und äußerte einen vielsagenden Satz, der sich in meinem Gedächtnis eingeprägt hat: „Warum sprechen Sie immerfort von Menschen, die nicht mehr leben ..." Ich reagierte so heftig, daß er sich prompt verbesserte: „Ich meine, nicht mehr hier in Moskau leben." Aber ich hatte doch begriffen, daß mich ein Untersuchungsrichter des NKWD gerade vom tragischen Tod meiner Kameraden und Freunde informiert hatte. Oberleutnant Romanow wußte nicht zufällig etwas über das Schicksal der ehemaligen NKID-Mitglieder. Er hatte offensichtlich von der Führung eine Liste jener inhaftierten Freunde und Bekannten erhalten, deren Namen ich bei der ersten Begegnung mit Kabulow törichterweise aufgezählt hatte; auf der Suche nach mich belastendem Material hatte er ihre Akten angefordert und festgestellt, daß sie nicht mehr lebten. Tiefe Trauer und Entsetzen erfaßten mich in diesem Moment. Wahrscheinlich war ich der erste Mensch, der nicht zum Umkreis des Diktators und der Henker gehörte, der erfuhr, daß man die 1937/38 verhafteten Mitarbeiter des Auswärtigen Amtes schon vor dem Sommer 1939 umgebracht hatte. Es ist bekannt, daß sogar Bestätigungen, die nach der postumen Rehabilitierung dieser Kameraden für ihre Verwandten ausgestellt wurden, häufig falsche oder vage Daten ihres Ablebens nannten.

Während dieses Sommers forderte ich bei den Verhören und in den aus der Zelle vorgenommenen Eingaben ständig und beharrlich eine Gegenüberstellung mit jedem, der mich in seiner Aussage belastet hatte. Diese Forderung nach Gegenüberstellungen sowie der Hinweis, ihr sei nicht nachgekommen worden, waren später Teil aller meiner Beschwerden und Eingaben. Eine Gegenüberstellung mit M. J. Kolzow, die im August 1939 stattfand, konnte ich nicht gefordert haben, denn damals wußte ich noch nichts von seiner Aussage gegen mich.

Im August 1939 nun saß ich in verhältnismäßig ausgeglichener Stimmung im Arbeitszimmer eines neuen Untersuchungsrichters, als ein Vorgesetzter hereinkam – Hauptmann Pinsur, mit dem ich später, im Oktober 1939, ein „ruhiges“ Gespräch, im Juni 1940 dann eine schreckliche und für mich qualvolle Begegnung in einem anderen Gefängnis haben sollte.

Der Hauptmann fragte mich aufgeräumt: „Haben Sie um eine Gegenüberstellung mit Kolzow gebeten?“ Ich antwortete im gleichen Ton: „Ich habe nicht darum gebeten, aber nehmen Sie zur Kenntnis, daß ich es hiermit tue.“ Worauf wir in ein anderes Arbeitszimmer gingen, das offenbar dem für den Fall Kolzow zuständigen Untersuchungsrichter gehörte.

Einer der Untersuchungsrichter nahm an einem breiten Tisch Platz, zwei stellten sich ihm zur Seite. Ich mußte mich auf einen Stuhl am Eingang setzen. An einer Tür an der gegenüberliegenden Wand stand ein leerer, für Kolzow vorbereiteter Stuhl. Aufgeregt erwartete ich sein Erscheinen. Er war etwa sechs Monate vor mir verhaftet worden, und aufgrund meiner Gefängniserfahrung hatte ich jene Gerüchte für begründet gehalten, nach denen er unmittelbar nach seinem Verschwinden erschossen worden sei. Deshalb freute ich mich, daß er wenigstens noch am Leben war. Ich hatte M. J. Kolzow manchmal traurig oder besorgt gesehen, aber in seinem Gesicht blitzte immer sein reger Geist, in seinen Augen funkelte Ironie. Als die Eskorte Michail Jefimowitsch hereinführte, warf er einen erschrockenen Blick auf den Tisch mit den Untersuchungsrichtern, dann wandte er sich mir zu, und einen Augenblick lang glaubte ich, den früheren, nur unendlich müden Michail Kolzow zu sehen. Wie es schien, hatte er tatsächlich seinen Sinn für Humor nicht verloren, denn er schaute mich mit einem traurigen Lächeln an und sagte: „Gnedin, Sie sehen aus ... (Pause und ein Lächeln) Sie sehen aus wie ich.“ Damit war viel gesagt, sowohl im übertragenen als auch im direkten Sinne, denn nach aufmerksamer Betrachtung mußte ich feststellen, daß er wie ein Schwerkranker wirkte. Ich erwiderte seine Begrüßung, er wollte antworten, da aber besannen sich die Untersuchungsrichter, kurzfristig durch das interessante Schauspiel unserer Begegnung abgelenkt, und befahlen uns zu schweigen: Es klang wie ein Peitschenschlag, wir wurden, bildlich gesprochen, in unsere Käfige zurückgestoßen. Erst jetzt begriff ich, daß sich M. J. Kolzow sehr viel stärker verändert hatte, als sein Aussehen verriet. Er galt als mutig und außerordentlich tatkräftig. Jetzt stand da ein gebrochener Mann, zur widerspruchslosen Unterwerfung bereit. Er trug immer eine Hornbrille, sicher auch bei diesem Verhör, aber wenn ich mich jetzt an unsere letzte Begegnung erinnere, sehe ich sein Gesicht ohne Brille, fast blind für das, was um ihn herum vorging. Ich konnte mich von dieser Vorstellung einfach nicht befreien, obwohl ich wußte, daß sie falsch war, denn er hatte mich anfangs erkannt und sogar über die Umstände dieses Treffens gescherzt. Er schaute mich übrigens danach nicht mehr an und befolgte gewissenhaft die Regeln der Gegenüberstellung, auf die er jedoch nur unzureichend vorbereitet worden war.

Am Anfang wurden formale Fragen gestellt wie z. B., ob wir einander kannten, ob wir verfeindet seien. Die erste an Kolzow gerichtete Frage: „Bekennen Sie sich schuldig?", bejahte er sofort und, wie es schien, gewohnheitsmäßig, ja weitschweifig. Als man mir diese Frage stellte, schwieg ich. Vielleicht hinderte mich eine jähe Angst oder ein vager Schutzreflex daran, in Anwesenheit neuer Untersuchungsrichter und eines sich schuldig bekennenden M. J. Kolzow die Auseinandersetzung mit meinem Untersuchungsrichter fortzusetzen. Ich schwieg also. Die Pause zog sich hin, der Hauptmann wiederholte mehrfach, eher aufmunternd als drohend (wie man ein Kind bedrängt, seine Schuld einzugestehen): „Na los, reden Sie schon!" Kolzows Untersuchungsrichter winkte schließlich mit der Hand ab und richtete an Kolzow folgende Aufforderung: „Berichten Sie über Ihre verbrecherischen Verbindungen zu Gnedin." M. J. Kolzow wiederholte die erfundene Version, die ich später im Auszug seiner Aussage lesen konnte. Er redete nicht sehr lange, war aber trotzdem gründlich, ich hatte den Eindruck, als verwende er die gängigen Phrasen aus den erfundenen Protokollen, es klang, als sage er Auswendiggelerntes auf. Er erklärte, schon in den dreißiger Jahren hätte eine Gruppe von Journalisten und Diplomaten in der Wohnung des damaligen Leiters der Presseabteilung des NKID, K. A. Umanskij, eine „Verschwörung gegen den Staat" angezettelt, unter den Anwesenden sei „möglicherweise" auch ich gewesen. In diesem Moment überwand ich mein Entsetzen und fand meine Sprache wieder. Ich wollte den gequälten Michail Jefimowitsch nicht unumwunden der Verleumdung bezichtigen, darum wiederholte ich seine Worte und erklärte, möglicherweise spiele sein Gedächtnis ihm einen Streich, dann widerlegte ich ausführlich seine „Aussagen" und wies besonders darauf hin, daß ich zu jener Zeit nicht ein einziges Mal in K. A. Umanskijs Wohnung gewesen war. Kolzow unterdrückte seine Aufregung und hörte mir schweigend zu. (Ich möchte den Leser daran erinnern, daß der bekannte sowjetische Diplomat K. A. Umanskij, in dessen Wohnung angeblich eine antisowjetische Verschwörung stattgefunden hatte, nicht verhaftet wurde; am Tage meiner Gegenüberstellung mit M. J. Kolzow war er Botschaftsrat oder bereits Botschafter in Amerika, und nach seinem tragischen Tod in Mexiko wurde er in Moskau feierlich beigesetzt).

Das Protokoll unserer Gegenüberstellung verfaßten die Fälscher mit der für sie typischen Unverfrorenheit. Mein Schweigen zum geforderten Schuldbekenntnis wurde als „Zeichen von Zustimmung" gewertet und in das Protokoll als „ich bekenne ..." aufgenommen. Meine höflichen Worte an Michail Kolzow wurden als „anscheinend irrt sich Kolzow" protokolliert, meine gesamte Argumentation und die Darlegung der Fakten fehlten völlig. Ich unterschrieb dieses Protokoll. Ich erinnere mich noch an meine Überlegung: In der Akte ist festgehalten, daß ich meine Schuld bestreite, darum kann eine positive Antwort im Protokoll der Gegenüberstellung keine große Bedeutung haben, zugleich findet sich im Protokoll eine Andeutung meiner Zurückweisung der mich belastenden Aussagen. Diese Argumente, wenn auch nicht völlig unlogisch, hat mir die Angst diktiert. Die ganze Atmosphäre unserer Gegenüberstellung war typisch für die Bedingungen, unter denen „Fälle" konstruiert wurden, und dies wirft auch ein Licht auf die Situation, in der die Materialien für die Schauprozesse zusammengetragen wurden.

Meine Unterschrift unter das Protokoll der Gegenüberstellung mit Kolzow war mein letzter Versuch, die Untersuchungsrichter nicht zu verärgern, und neben meiner Angst spielte auch meine Hoffnung eine Rolle, Sympathie oder gar Respekt des jungen Untersuchungsrichters könnten sich auf meinen Fall positiv auswirken. Gerade er hatte mich in korrekter Weise auf die Widersprüche aufmerksam gemacht, die sich in meinen Antworten über meinen Stellvertreter fanden. Die Verhöre im Arbeitszimmer dieses Untersuchungsrichters trugen den Charakter einer normalen Unterhaltung, sie waren nicht eigentlich Verhöre, ein guter Bekannter trat zum Untersuchungsrichter ins Zimmer, man unterhielt sich über nicht zum Fall gehörende Themen, wenn man die Fragen, wie ich mein jugendliches Aussehen bewahren konnte und wofür ich mich im Leben interessierte, als nicht „fallbezogen" betrachtet. In diesen Gesprächen nach der Gegenüberstellung äußerte der Untersuchungsrichter irgendwann die unvorsichtigen Worte: „Aber Ihre Akte enthält doch überhaupt nichts." Meine Antwort: „Wenn Sie das verstanden haben, dann müssen Sie als ein ehrenhafter sowjetischer Untersuchungsrichter Ihrem Vorgesetzten darüber berichten."

Während unserer – wie sich dann herausstellen sollte – letzten Begegnung sagte er plötzlich zu mir: „Ich habe Ihre Frau gesehen, sie ist gesund." Er fügte sogar einige Worte über ihr gutes Aussehen hinzu. Ich war glücklich, und zum erstenmal weinte ich beim Verhör.

Ich erfuhr viele Jahre später von meiner Frau, daß dieser Richter sie telefonisch zur Passierscheinabteilung des NKWD bestellt hatte, und als sie dort erschien, ging er mit ihr auf die Straße hinaus und eröffnete ihr, ein Gespräch mit ihr sei nicht mehr nötig. Enttäuscht fragte sie: „Und Sie werden mir nichts von ihm erzählen?" Er antwortete: „Na ja, er ist doch ein guter Kerl." Ein eigenartiges Zugeständnis aus dem Munde eines Untersuchungsrichters, der einen Fall von Hochverrat bearbeitete und der oben beschriebenen Gegenüberstellung beigewohnt hatte!

Bis heute weiß ich nicht, ob das freundliche Verhalten meines Untersuchungsrichters im August 1939 als Zeichen seiner persönlichen Anständigkeit oder einer kurzfristigen günstigen Entwicklung in der Untersuchung meines Falles gewertet werden muß. Möglicherweise stimmte beides. Schwer vorstellbar scheint freilich, daß gerade am Vorabend des Tages oder gar an dem Tag, als das Abkommen mit Ribbentrop unterzeichnet wurde, die Funktionäre, die die Fälle der Mitarbeiter des abgesetzten M. M. Litwinow leiteten, bereit gewesen sein sollen, deren Los, speziell das meine, zu erleichtern.

Nach einer Unterbrechung der Verhöre übernahm im September 1939 ein neuer Untersuchungsrichter, offiziell schon der fünfte innerhalb von fünf Monaten, meinen Fall. Es war ein harmloser kleiner Bürokrat, der mit kargen Allgemeinkenntnissen ausgestattete Unteroffizier Garbusow. Er hatte damals den Auftrag, meinen Fall für die Begründung nach Artikel 206 vorzubereiten, das hieß, den Fall zum Abschluß zu bringen oder den Anschein eines Abschlusses zu erwecken, denn ein richtiger Abschluß wurde sicherlich nicht angestrebt.

Am 16. Oktober 1939 rief mich der Untersuchungsrichter tagsüber zu sich und gab mir meine „Akte“ zum Lesen. Das war eigentlich keine richtige Untersuchungsakte, sondern eine Mappe mit einer Anzahl auch zum Fall gehörender Dokumente; doch es fehlten offizielle Dokumente, die alle Akten damals enthielten, so der Antrag der Untersuchungsabteilung an die Staatsanwaltschaft auf Verlängerung der Untersuchungshaft nach Ablauf der zweimonatigen Frist und vieles andere. Nicht eine meiner zahlreichen, aus der Zelle an den Gefängnisleiter eingereichten Eingaben fand ich in der Mappe wieder. Ich fand allerdings zu meiner Befriedigung meine nach den Folterungen handschriftlich verfaßte Erklärung mit dem Dementi des gefälschten Protokolls.

Des weiteren entdeckte ich noch ein Dokument, das aus der Zeit vor meiner Verhaftung datierte, und zwar einen kollektiven Bericht meiner Abteilungsreferenten, den sie lange vor Litwinows Absetzung an das ZK gerichtet hatten. Während meine Mitarbeiter damals täglich mit mir zusammentrafen, beschlossen sie, dem ZK zu „signalisieren“, der Leiter der Presseabteilung stehe zweifellos „mit den Volksfeinden in Verbindung“; auf anderthalb bis zwei Seiten (die offenbar von einer Stenotypistin meiner Abteilung getippt worden waren) reihten sich die Beschuldigungsklischees aneinander, die man damals gegen Personen richtete, die verhaftet werden sollten oder bereits verhaftet worden waren. Während meiner zweijährigen Tätigkeit als Leiter der Presseabteilung wußte ich von den Denunziationen verschiedener Nichtstuer und kleiner Karrieristen. Aber ich war doch erstaunt über eine derartige kollektive Denunziation. Unter den damaligen Bedingungen war es für verschüchterte Menschen sehr schwer, das Ansinnen abzulehnen, eine kollektive Eingabe mit Verdächtigungen und Verleumdungen zu unterschreiben. Gleichwohl hatten einige Mitarbeiter der Presseabteilung die Eingabe nicht unterschrieben, die im Grunde ein Aufruf war, mit mir abzurechnen.

Nach Lektüre der Dokumente, die sich in der Mappe mit der Überschrift „Der Fall Gnedin-Helphand J. A.“ befanden, erklärte ich sofort, dem Abschlußprotokoll der Untersuchung eine Reihe von Erklärungen hinzufügen zu wollen. Der Untersuchungsrichter hatte dies erwartet und schickte mich in die Zelle zurück.

Am Abend rief mich dann der schon erwähnte Hauptmann Pinsur zu sich, der Leiter einer Gruppe von Untersuchungsrichtern oder einer Sektion der Untersuchungsabteilung des NKWD war. Er hörte sich meine Forderung an und begann eine kleinliche Auseinandersetzung mit mir. Ich blieb standhaft und wurde sogar heftig. Als ich merkte, daß er mir gestatten wollte, *einige* Beschuldigungen zu widerlegen, erzählte ich den Witz mit der Pastete „halb aus Rebhuhn, halb aus Pferdefleisch“ und betonte, ich beabsichtige nicht, die Wahrheit im Meer der Lüge ertrinken zu lassen. Er begegnete dem schlagfertig mit dem Witz von einem Mann, der beim Telegraphieren nach und nach alle Worte des Telegramms strich, weil er Geld sparen wollte. Ich betonte, in bezug auf die mir vorgehaltenen falschen Beschuldigungen sei genau dies meine Absicht. Eine seltsame nächtliche Auseinandersetzung zwischen einem gefolterten Häftling und dem Leiter der Untersuchungsabteilung! In einem Gefängnis, wo Menschen gefoltert und gedemütigt wurden, erzählten sie sich Witze ... Wahrhaft eine groteske Szene!

Als ich darauf bestand, daß meine Erklärung in das Protokoll aufgenommen werden müsse, sagte Hauptmann Pinsur etwas sehr Bedeutungsvolles: „Wer würde denn in diesem Haus Litwinow irgendeines Vergehens beschuldigen!“ Als wäre ich nicht, und nicht nur ich, in diesem Haus noch vor kurzem gefoltert worden, um Litwinow zu belasten ...

Der im Mai und Juni 1939 so mühsam vorbereitete „Fall Litwinow“ wurde also im Oktober 1939 eingestellt.

Je länger ich mit dem Hauptmann diskutierte, desto sicherer wurde ich, daß ich diesen Streit für mich würde entscheiden können. Und in der Tat schrieb ich spät nachts schließlich in das Protokoll vom 16. Oktober (über den angeblichen Untersuchungsabschluß) meine Erklärung, niemals „zersetzende Anordnungen“ oder „Spionageanweisungen“ von M. M. Litwinow erhalten, keine Kenntnisse von seiner „gegen den Staat gerichteten Tätigkeit“ gehabt zu haben und auch nicht hätte haben können, des weiteren mit Radek oder anderen in den Aussagen genannten Personen nicht in „verbrecherischer Verbindung“ gestanden und keinerlei sonstige Verbrechen begangen zu haben.

Beschuldigungen im ganzen als auch detailliert schriftlich widerlegen zu dürfen, galt in jener Zeit als Seltenheit und erschien mir als ein vielversprechender Umstand. Deshalb beschränkte ich mich nicht auf die einfache Aussage, unschuldig zu sein, sondern führte die kompletten Gegendarstellungen an, die ich in meinen Eingaben an verschiedene Instanzen mehrfach vergeblich wiederholt hatte. Damit verließ ich den Schlangenpfad unverletzt, auf dem mich jederzeit ein giftiger Biß hätte töten können, und war bereit, die Wanderung fortzusetzen. Es stand mir ein langer, schwerer Weg bevor. Lang nicht nur, weil ich erst sechzehn Jahre später zu meiner Familie und den Freunden „auf dem Kontinent" zurückkehren sollte. Als lang erwies sich auch mein Weg zu einer neuen geistigen Klarheit.

Ich war siegreich aus dem quälendsten und gefährlichsten Stadium der Untersuchung hervorgegangen und hatte ein Gefühl der Unabhängigkeit von Folterknechten und Gefängniswärtern erworben. Dieses Gefühl der Unabhängigkeit stärkte und rettete mich sogar in den Gefängnissen und Lagern. Nun jedoch mußte noch das Netz meiner Abhängigkeit vom System dogmatischen Denkens und falscher Ideologie zerrissen werden, das Verbrechern und Heuchlern Macht verleiht und ehrliche Menschen gefangen hält. Schwermut in der Einzelzelle mußte überwunden, das Joch der Zwangsarbeit in Lagern ertragen, gesundheitsschädliche Fabrikproduktion in der Verbannung durchlebt werden, ehe ich zu begreifen begann, worin die wahre innere Freiheit des den Stürmen des Lebens ausgesetzten Menschen besteht.

KAPITEL VII

Der „psychische Druck“

Nach Ablauf eines halben Jahres Untersuchungshaft schien meine Hoffnung auf Einstellung des Verfahrens durchaus begründet. Ich erzählte meinem Zellengenossen M. B. Kuseniz, es sei mir gelungen, in das Abschlußprotokoll der Untersuchung die Erklärung meiner Schuldlosigkeit einzutragen. Mein Freund rief daraufhin aus: „Jewgeni! So etwas hat es noch nicht gegeben – Dein Fall muß eingestellt werden!“ Michail Borisowitsch hatte zweieinhalb Jahre in Untersuchungshaft verbracht, in verschiedenen Gefängnissen gesessen, war immer kontaktfreudig, und aufgrund seines Beobachtungsvermögens wußte er viel von den Erfahrungen der Opfer. Ihm lag also jeder naive Optimismus fern. Umso überzeugender klang mir seine optimistische Einschätzung meines Falles.

Dieser gebrochene Mensch hatte sich sein Mitgefühl für Leidensgenossen und seine Fähigkeit zu logischem Denken bewahrt. Schulter an Schulter auf seiner Pritsche sitzend, unterhielten wir uns im Flüsterton und versuchten, die Lage nüchtern und umfassend einzuschätzen. Ungeduldig erwarteten wir ein neues Anzeichen für eine günstige Wendung. Unsere Hoffnungen sollten sich bald bestätigen.

Vor den Oktoberfeiertagen brachten mich die Wächter in ein Arbeitszimmer, in dem einige NKWD-Beamte in Uniformen saßen oder standen; es war dort so eng, daß für mich nur ein kleines Plätzchen auf einem Lederdiwan blieb, wo ich in verständlicher Aufregung Platz nahm (gewöhnlich blieb der Untersuchungshäftling stehen oder saß in einer Zimmerecke auf dem Rand eines Stuhls).

Ein unbekannter Leutnant mit dem farblosen Gesicht eines überlasteten Kanzleibeamten setzte sich an einen kleinen Tisch neben dem Diwan. Eilig stellte er die Fragen und las mir sofort meine Antworten vor. Die Antwort auf die erste Frage lautete: „Ich bekenne mich nicht schuldig." Die zweite Frage, und mehr noch die vorbereitete Antwort, waren für mich ganz unerwartet: Ich wurde gefragt, ob der Untersuchungsrichter Druck auf mich ausgeübt habe, der Leutnant schrieb sofort die bejahende Antwort auf. Mehr noch: in demselben sachlichen Ton schlug er mir eine Formulierung vor, in der direkt von „Anwendung physischer Gewalt" die Rede war. Ich sagte, das Wort „physisch" könne er streichen, ausreichend sei die Erwähnung, daß man versucht habe, mich mit dem Ziel unter Druck zu setzen, ein Geständnis für nicht begangene Verbrechen zu erlangen.

Ein scheinbar seltsames und unwürdiges Verhalten: Man gibt mir die Möglichkeit, mich über die Folterungen zu beschweren, und ich selbst wähle eine vage Formulierung! Natürlich war ich terrorisiert worden, dennoch aber ging ich von nüchternen Überlegungen aus: Vielleicht wollte man mich provozieren (so etwas war schon vorgekommen); vielleicht zog ich durch die Beschwerde gegen „Anwendung physischer Gewalt" noch härtere Folterungen auf mich, wenn nicht gar das Schlimmste zu befürchten war. Ich hatte wohl begriffen, daß innerhalb des Apparats niemand die Geheimnisse der Untersuchungsmethoden aufdecken würde. Zudem hatten Volkskommissar Berija und der Leiter der Sonderuntersuchungsabteilung der NKWD, Kabulow, „physische Gewalt" gegen mich angewandt. Im übrigen hatte der Beamte, der das Protokoll aufnahm, auch abgesehen von der hohen Position der Folterer nicht die geringste Absicht, aufzuklären, wie es bei der Untersuchung zu „ungesetzlichen Methoden“ – Folterungen – hatte kommen können. Ganz im Gegenteil: Er mußte zu Protokoll nehmen, daß auf mich die von Stalin zum Gesetz erhobenen strengen „Druck“methoden angewandt worden waren. Damit wurde gleichsam festgehalten, daß die Untersuchungsleiter nichts ausgelassen und sich in meinem Fall die größte Mühe gegeben hatten.

Während der Feiertage wurde ich nicht entlassen, auch danach nicht. Ich versuchte, mir vorzustellen, wieviele Tage nach dem Feiertag vergehen müßten, bis der Untersuchungsapparat seine Arbeit wieder aufnimmt; ich rechnete auch damit, daß die Fälle bis zur Entscheidung durch die hohe Instanz einfach liegen blieben. Ich verstand es so, daß mein Fall zum Vortragen vorbereitet worden war und in der Akte zwei zusammenfassende Dokumente lagen, in denen festgehalten war, daß ich mich für nicht schuldig hielt und die falschen Beschuldigungen zurückgewiesen hatte.

Meine Überlegungen waren, soweit sie die Fristen betrafen, von der Wirklichkeit nicht weit entfernt. Ungefähr zehn Tage nach den Feiertagen konnte ich mich vergewissern, daß mein Fall endlich den Vorgesetzten vorgelegt worden war und der Apparat die entsprechenden Anweisungen bekommen hatte. Am 19. November 1939 wurde ich zum Verhör geholt.

Man führte mich wieder durch die Windungen des Korridors im großen NKWD-Gebäude, und obwohl ich keine rosigen Hoffnungen hegte, erwartete ich doch eine Wendung zum Besseren. Ich mußte meine Illusion erkennen, als man mich in ein typisches Untersuchungszimmer führte, einen finsteren, engen Raum mit einem Fenster im Hintergrund. Am Tisch, mit dem Rücken zum Fenster, saß der neue Untersuchungsrichter, ein

Mann von orientalisch-kaukasischem Aussehen. Man ließ mich in der Mitte des Zimmers Platz nehmen; hinter mir saß an einem Tisch ein junger Beamter, vielleicht ein Praktikant. Dicht neben mir machte sich ein Leutnant mit grobem, finsterem Gesicht breit. Glücklicherweise (sonst hätte ich den Kopf verloren) habe ich in ihm nicht gleich Kabulows Handlanger erkannt, der damals in Berijas Zimmer genauso dicht neben mir gesessen und mich geschlagen hatte, als ich meine erste „freche Antwort“ gab.

Der neue Untersuchungsrichter galt sicher als Spezialist für „psychische Einwirkung“. Ohne Rücksicht auf die Tatsache der bereits durchgeführten Untersuchung und der bereits abgeschlossenen Akte begann er, mich in drohendem Ton zu verhören, als sei ich ein soeben verhafteter Verbrecher, der sofort überführt werden müsse. Er verlangte einen Bericht meiner Verbrechen, Namensnennung „meiner Komplizen“, „konkrete Aussagen“; mit vielsagender Miene stellte er überraschende Fragen; er lächelte hämisch und warnte mich: „Wir wissen alles über Sie.“ Als er eine dicke Mappe mit den Kopien meiner persönlichen Briefe hervorholte und sagte: „Sehen Sie, uns ist alles über Sie bekannt“, antwortete ich: „Nun, wenn Sie alles über mich wissen, dann wissen Sie ja auch, daß ich ein ehrlicher Mensch bin.“ Der neue Untersuchungsrichter, der seine Methode der „psychischen Attacke“ an mir zu erproben gedachte, wurde durch meine ruhige Antwort etwas aus dem Konzept gebracht.

Dann jedoch erschrak ich und konnte meine Aufregung kaum verbergen, als der Untersuchungsrichter zum schlimmsten Mittel psychischer Einwirkung griff: Er drohte, meine Frau zu verhaften, versuchte sogar, mich zu überzeugen, sie sei schon im Gefängnis, man werde sie zur Gegenüberstellung herbringen, falls ich nicht die geforderten Aussagen machen würde. Unbegreiflich bleibt, wie ich diese schwere Prüfung überstanden habe. Mein Instinkt sagte mir, daß der Untersuchungsrichter lügt. Ich konnte nicht glauben, daß Nadja verhaftet war. In meinen Antworten auf die Drohungen des Untersuchungsrichters wiederholte ich immer wieder: Ich glaube nicht, daß meine Frau verhaftet ist, ich glaube es vor allem deshalb nicht, weil ich meine Unschuld bewiesen habe.

Der Oberleutnant, der das Verhör führte und diese Inszenierung vermutlich ersonnen hatte, verstand, daß die psychische Attacke fruchtlos war. Er wechselte von direkten Drohungen zu unheilschwangeren Andeutungen. Das Verhör dauerte vier Stunden. Und auch diesen Untersuchungsrichter habe ich nie mehr gesehen.

Nach meiner Rückkehr in die Zelle hatte ich zum erstenmal in all den Monaten der Untersuchungshaft einen hysterischen Anfall. Ich glaube, ich schluchzte nicht, sondern schrie hysterisch, gepackt von Empörung und Verzweiflung. Ich lief in der Zelle zwischen den Pritschen umher, und die Nachbarn sahen mich verwundert an (gewöhnlich zeigte ich meine Gefühle nicht), taten aber so, als merkten sie nichts. Keiner tröstete mich. Zu guter Letzt legte ich mich mit dem Gesicht zur Wand auf die Pritsche.

Mein hysterischer Anfall wurde vor allem durch die Drohung ausgelöst, meine Frau zu verhaften. Er stellte aber auch eine Folge des Schocks dar, den das Scheitern meiner letzten Hoffnung bedeutete, meine Sache werde dank meiner Standhaftigkeit eine günstige Wendung nehmen. Meine Nerven versagten aber einfach auch deshalb, weil es mich ungeheuere Anstrengungen gekostet hatte, im Arbeitszimmer des Untersuchungsrichters die Ruhe zu bewahren.

Wie sollte ich das seelische Gleichgewicht nicht verlieren, wenn ich in der Zelle an die Drohungen des Untersuchungsrichters dachte? Ich fragte mich: „Und was ist, wenn Nadja tatsächlich schon verhaftet wurde? Oder verhaftet werden soll? Vielleicht ist Nadja schon irgendwo hier in diesem Gefängnis?" Auch hier half mir die Autosuggestion. Seit ich im Juli durch den Untersuchungsrichter eine Nachricht von meiner Frau erhalten hatte – so überlegte ich – war mein Fall relativ günstig verlaufen, es hatte keine neuen Komplikationen gegeben. Ich wollte und konnte nicht glauben, daß die Folterknechte, nur weil sie mich nicht zu brechen vermochten, zu einer weiteren verbrecherischen Methode greifen würden, meine Frau verhafteten, um mich auf diese Weise zu zwingen, über erlogene Verbrechen auszusagen.

Ich verdrängte den tödlich bedrohenden Gedanken aus meinem Bewußtsein, durch die Verteidigung meiner Unschuld meiner Familie Leid zugefügt zu haben. Im Gegenteil, ich bewahrte mir die Überzeugung, nur durch Zurückweisen der falschen Beschuldigungen meine Familie vor der Verfolgung retten zu können. Die Drohung, meine Frau zu verhaften, – sagte ich mir – war nur ein Teil des „psychischen Drucks", der sich als ebenso erfolglos erwies wie die „Anwendung physischer Gewalt". Danach hat man mir weder mit der Verhaftung meiner Frau noch mit unserer Gegenüberstellung gedroht. Ein tröstliches Zeichen lag auch in der Möglichkeit, daß ich von Zeit zu Zeit Lebensmittel aus dem Gefängnisladen bestellen konnte. Obwohl mir bei der Verhaftung Geld abgenommen worden war, wollte ich doch daran glauben, daß man eine Geldsendung von meiner Frau angenommen hatte.

KAPITEL VIII

Reaktion im Gefängnis auf den sowjetisch-deutschen Pakt

Während dieses November-Verhörs arbeitete der Untersuchungsrichter nicht nur mit der Drohung, meine Frau zu verhaften, sondern mit einer schmutzigen, politischen Erpressung. Als der Oberleutnant des NKWD versuchte, mich als „deutschen Spion“ zu entlarven, erklärte er, Beweise von der Gestapo erhalten zu haben. Der Untersuchungsrichter setzte mich davon in Kenntnis, die UdSSR sei mit Hitler-Deutschland befreundet und fügte mit geheimnisvollem Gesicht hinzu, als gebe er ein Dienstgeheimnis preis: „Also, wir tauschen mit der Gestapo Material aus.“ Woraus folgen sollte: „Wir wissen alles über Sie.“ Das sagte er in vielsagendem und unheilverkündendem Ton. Ich gebe seine Worte genau wieder; ich erinnere mich gut an die Aussage, das NKWD tausche mit der Gestapo Material aus.

Ich hatte schon in der Zelle gehört, zwischen der UdSSR und Nazi-Deutschland sei ein Vertrag abgeschlossen worden. Die Erklärung des Untersuchungsrichters aber, das NKWD unterhalte Verbindungen mit der Gestapo, hielt ich für eine hohle Phantasterei. In diesem Sinne antwortete ich auch dem Untersuchungsrichter. Außerdem hätte ich ihm sagen können (möglicherweise tat ich es auch, ich kann mich nicht mehr erinnern), wer Zugang zu den Gestapo-Archiven habe, könne Beweise dafür finden, daß die Nazis in mir einen Feind sahen und die Abwehr Hitlers versucht hatte, meine antifaschistische Tätigkeit zu verhindern. In den Jahren 1935–1937 stand ich während meiner Tätigkeit an der sowjetischen Botschaft in Berlin unter Beobachtung. Goebbels hatte angeordnet, die Redakteure der Berliner Zeitungen dürften keine Beziehungen zu mir unterhalten. Unter anderem befahl er, einen Empfang zu boykottieren, den ich als Erster Sekretär der Botschaft, zu dessen Aufgabe auch die Verbindungen zur Presse gehörten, ausgerichtet hatte. Zwei Berliner Journalisten fanden einen Weg, mir ihr Bedauern darüber mitzuteilen, daß ihnen die Teilnahme am Empfang nicht erlaubt worden war. Statt dessen kam einer von Goebbels' Stellvertretern, ein gewisser Berndt, sei es, um seine Leute zu kontrollieren, sei es, um die sowjetischen Diplomaten zu beobachten.

Nach meinem Aufenthalt im Hitler-Deutschland wurde meine ursprünglich politisch und weltanschaulich begründete Feindseligkeit dem Faschismus gegenüber emotionaler und persönlicher.

Obwohl ich 1939 im Gefängnis Berija, Kabulow und ihre Handlanger persönlich kennengelernt hatte, konnte ich mir nicht vorstellen, daß sie nun mit Nazi-Verbrechern kooperierten. Die mir aus Berlin bekannten hohen Nazis verkörperten in meinen Augen das Hitler-Regime, Kabulow und seinesgleichen waren hingegen nicht nur Schreckgestalten, sondern auch häßliche Ausnahmen jener Gesellschaft, zu der ich selbst gehörte. So dachte nicht nur ich. So denken noch heute viele Menschen.

Im November 1939 glaubte ich also dem Untersuchungsrichter nicht. Gleichzeitig begriff ich den Sinn dieser Worte über Kontakte zwischen NKWD und Gestapo, der eine neue Atmosphäre im Staatsapparat widerspiegelte. Bis zum Herbst 1939 hätten weder die Führung der Untersuchungsbehörde noch der Untersuchungsrichter selbst es gewagt, eine Behauptung über eine Kooperation zwischen NKWD und Gestapo aufzustellen, sei es auch nur in der Absicht, einen Häftling einzuschüchtern und zu verwirren. Solche Tricks konnte man nur anwenden, wenn der Idee des Kontaktes zwischen dem Sowjet- und Nazi-Apparat nichts Ungeheuerliches und Schwerverbrecherisches mehr anhaftete.

Jetzt weiß ich um die damalige Realität; durch die Mitarbeiter des NKWD erhielt Stalin von der Gestapo gefälschtes Material für ein inszeniertes Gerichtsverfahren gegen die Marschälle; nach dem August 1939 waren die NKWD-Organe in Verbindung mit dem Hitler-Apparat, insbesondere, als sie ihm die deutschen Antifaschisten auslieferten, die in der UdSSR verhaftet worden waren.

Ein derartiger Gedanke war mir 1939 unmöglich. Ich empfand die ganze Geschichte als Absurdität: Der Untersuchungsrichter beschuldigte mich, einen Antifaschisten, ein deutscher Spion zu sein, und prahlte obendrein mit freundschaftlichen Kontakten des NKWD zur Gestapo! Welchen politischen Sinn hatte dann die mir vorgeworfene Beschuldigung? Der Untersuchungsrichter log – sagte ich mir – aus welchem Grund erkühnt er sich, einem von der Außenwelt isolierten Untersuchungshäftling derartige Lügen über die Politik der Sowjetunion zu erzählen? Und was ist, wenn seine Worte auch nur ein Körnchen Wahrheit enthalten? In wessen Händen bin ich dann? Ich befand mich in einer verrückten Gespensterwelt ...

In November 1939 wußte ich nichts von den katastrophalen internationalen Ereignissen, die sich abgespielt hatten. Ich hatte nur eine vage Vorstellung davon, daß in der sowjetischen Außenpolitik wichtige Veränderungen geschehen waren. Davon hatte ich zufällig erfahren, als Ende August in unsere Zelle ein gerade verhafteter Mitarbeiter der „Organe" eingeliefert wurde. Kaum hatte er die Schwelle überschritten, berichtete er: „Wir haben uns mit Deutschland versöhnt. Es ist ein wichtiger Vertrag abgeschlossen worden." Niemand wagte, etwas zu fragen. Aufgeregt ließ ich mich auf der Pritsche nieder.

Es gab genügend Anlaß zum Nachdenken für einen ehemals aktiv an der Durchführung der Anti-Hitler-Politik Beteiligten, für einen, den man zu einer Zeit, als noch gegen Deutschlands Aggressionen gekämpft wurde, zu Unrecht beschuldigt hatte, ein Helfer Deutschlands zu sein.

Wieder flackerten Hoffnungen auf: Hatte sich die Atmosphäre in den sowjetisch-deutschen Beziehungen entspannt, könnten die Leiter der Untersuchung das Interesse an jenen Fällen verlieren, die vor der Wende in der Außenpolitik eingeleitet worden waren. Meinen Fall könnten sie auch deshalb einstellen, weil ich mich verteidigen konnte und weil er die Aktualität verloren hatte, die man ihm in einem Zustand unmittelbarer Kriegsgefahr zuschreiben wollte.

Aus Hoffnung wurde Angst; denn es gab eine andere, eine bedrohliche Alternative: Um die Zweckmäßigkeit der großen außenpolitischen Wende zu begründen und die Vereinbarung mit Hitler-Deutschland zu rechtfertigen, könnte eine Propaganda-Kampagne, ja sogar ein gefälschter Gerichtsprozeß geplant sein, bei dem die aktiven Kräfte der früheren Anti-Hitler-Politik, einer Politik der Einkreisung des faschistischen Aggressors, verleumdet und bestraft werden würde. Man könnte sagen: Seht, feindliche Elemente haben uns zu einem Abenteuer aufgestachelt, zum Krieg gegen Deutschland, sie sind jetzt entlarvt, die Gefahr eines deutschen Angriffs gebannt.

Bezeichnenderweise begegneten ein Jahr vor dem sowjetisch-deutschen Pakt sowohl Stalins politischer Stab als auch Hitlers Moskauer Diplomaten Litwinow und seinen Mitarbeitern mit Mißtrauen und Feindseligkeit. Während Stalin, Molotow und Berija den Boden für das folgenschwere Abkommen mit dem faschistischen

Deutschland bereiteten, warfen sie die wichtigen NKID-Mitarbeiter ins Gefängnis. Seit Herbst 1938 rechnete die Hitler-Botschaft in Moskau mit einer Wende in Stalins Politik zugunsten Deutschlands und erwartete M. M. Litwinows Entfernung vom Amt des Volkskommissars und die Verhaftung seiner gewissenhaftesten Mitarbeiter mit Ungeduld. Von solchen Erwartungen der deutschen Diplomaten zeugen auch Dokumente, die den Archiven des deutschen Auswärtigen Amtes entstammen und nach Deutschlands Niederlage im Westen veröffentlicht wurden, deren Inhalt aber bis heute in der UdSSR geheimgehalten wird. Als ich diese Veröffentlichungen erhielt, las ich mit großer Neugier die Geheimberichte der deutschen Botschaftsräte in Moskau, insbesondere einen Brief des mir bekannten Botschaftsrates von Tippelskirch, in dem er im Herbst 1938 die Vermutung äußert, Litwinow sei abgesetzt, Gnedin schon verhaftet. Etwa ein halbes Jahr, nachdem der deutsche Diplomat dies nach Berlin geschrieben hatte, war Litwinow tatsächlich von seinem Posten abgesetzt, ich zusammen mit weiteren seiner Mitarbeiter verhaftet worden.

Nachdem ich nun im Gefängnis von dem Abkommen mit Deutschland erfahren hatte, dachte ich, es wäre nur ein von der Sowjetunion vollzogenes außenpolitisches Manöver. Hätte ich im Gefängnis erfahren, wie die politische Lage Europas war, ich wäre äußerst bestürzt gewesen. Ich wußte nicht, daß England Polen eine Garantie gegeben und Deutschland nach dem Überfall im September 1939 sofort den Krieg erklärt hatte, ich wußte nicht, daß zwischen Deutschland einerseits, Polen, England und Frankreich andererseits, Krieg herrschte. Ich wußte nicht, daß die Sowjetregierung unmittelbar vor Beginn des europäischen Krieges die Verhandlungen mit England und Frankreich abgebrochen und just zu diesem Zeitpunkt einen Pakt mit Hitler geschlossen hatte. Ich wußte nichts von der Teilung Polens zwischen Deutschland und der UdSSR; hätte jemand eine solche Vermutung geäußert, ich hätte es nicht geglaubt. Wie auch hätte ich auf den Gedanken kommen können, Stalin und Hitler hätten nicht nur einen Nichtangriffspakt, sondern auch einen Beistandspakt abgeschlossen, daß Stalin die Aggression Deutschlands materiell unterstützte? Niemals wäre mir in den Kopf gekommen, Stalin und Molotow könnten offen erklären, sie würden auf den Kampf gegen den Faschismus verzichten. Das erfuhr ich erst viele Jahre später.

Sofort nach Kriegsanfang kam ich ins Lager.

KAPITEL IX

Gefängnisaufenthalt 1

In jeder geschichtlichen Epoche der Sowjetunion bis hin zu den vierziger Jahren wäre nicht nur den Anhängern der Politik der kommunistischen Partei, sondern auch deren Gegnern die Annahme, ein überraschender Angriff auf die UdSSR (kein Grenzkonflikt, sondern das unerwartete Aufflammen eines Krieges, noch dazu im Weltmaßstab) sei möglich, als sicheres Zeichen von Unkenntnis und politischer Ignoranz erschienen. Als Diplomat, Journalist und Agitator habe ich gelernt und gelehrt, daß immer mit Feindseligkeiten der kapitalistischen Regierungen und ihrer Militärstäbe sowie der Möglichkeit eines bewaffneten Angriffs gegen die UdSSR gerechnet werden muß. Aus der Überzeugung, man könne uns nicht überrumpeln, stammte auch die damals populäre Losung: Falls der Krieg ausbricht, dann führen wir ihn auf dem Territorium des Gegners.

Die Menschen, die mit mir durch Freundschaft oder Zusammenarbeit verbunden waren, schlossen nicht die Augen vor den Fehleinschätzungen und Irrtümern, sondern versuchten, sie zu rechtfertigen oder den negativen Seiten die positiven gegenüberzustellen. Wir waren nicht blind davon überzeugt, wir könnten in einem einzelnen, noch dazu rückständigen Land eine wirklich entwickelte sozialistische Ordnung schaffen. Wir glaubten aber fest an den dynamisch ablaufenden Aufbauprozeß einer sozialistischen Wirtschafts- und Gesellschaftsordnung, die vollkommener sein würde als die kapitalistische. In diesem Glauben wurden wir gestärkt, als in den dreißiger Jahren die Weltwirtschaftskrise ausbrach.

Wenn die Entwicklung im Land beunruhigend und manchmal beängstigend war, stahlen wir Auslandskorrespondenten (wie auch die Menschen anderer Berufe) uns aus der Verantwortung für die Innenpolitik und beschäftigten uns ausschließlich mit unserem Beruf, von dessen Nutzen wir überzeugt waren. Dies gelang den Journalisten und Diplomaten leicht, wenn sie im Ausland tätig und mit der Reaktion und dem Faschismus unmittelbar konfrontiert waren, ihn sogar bekämpften.

Wenn wir untereinander offen die internationale Lage oder die Maßnahmen der Sowjetregierung besprachen, waren wir bis 1939 immer der Überzeugung, die UdSSR bilde die wichtigste Macht, die international dem Faschismus und den imperialistischen Kriegsanstiftern entgegenstehe, eine Macht, die der Katastrophe vorbeugen konnte. Diese Überzeugung verführte uns, jene Fragen, die die Lage im Inneren des Landes betrafen, unbeantwortet zu lassen.

Im Gefängnis wurde mir langsam bewußt, daß ich die Methoden, mit denen das Land regiert wurde, besser verstand als während der Erfüllung meiner Dienstpflichten. In der Zelle des zentralen Untersuchungsgefängnisses häuften sich Informationen über die Lage des Landes, die ebenso wertvoll waren wie jene, über die ein in seinem Arbeitszimmer sitzender Diplomat verfügte.

Ende der dreißiger Jahre erfolgte eine außerordentliche Einschränkung der für die Mitarbeiter des Staatsapparates verfügbaren Informationen. Dabei bildete ich wohl eine gewisse Ausnahme, da ich als Leiter der Presseabteilung über verschiedene Quellen verfügte. Über das Weltgeschehen war ich daher gut unterrichtet, wußte aber auch mehr als andere über Ereignisse im eigenen Land, die von unseren Zeitungen verschwiegen, von den Auslandskorrespondenten jedoch in ihren Telegrammen erwähnt wurden. Sie erhielten aus dem ganzen Land Zeitungen, die zu jener Zeit Berichte über Verhaftungen und Prozesse veröffentlichten, von denen in den überregionalen Zeitungen nichts erwähnt wurde. Der Regierungsmechanismus blieb mir dennoch unklar, erst nach vielen Monaten im Inneren Gefängnis des NKWD begann ich, klarer zu sehen.

Die Menschen blieben trotz der bedrückenden Atmosphäre in der Gefängniszelle Menschen. Sie suchten Kontakte, Charaktere und Berufsinteressen offenbarten sich; man konnte Lebenswege und Ereignisse der verschiedenen Gesellschaftsschichten vergleichen; Arbeit und persönliche Beziehungen standen damals im Dunkel der Terrorausschweifungen, der Verfolgungen und Denunziation.

Der Dichter, der glaubt, Menschen in der Haft brächten Verständnis füreinander auf, hätte im Inneren Gefängnis eine bittere Enttäuschung erlebt. Die ehemaligen, jetzt verhafteten Staatsmänner waren durch gemeinsame Ketten und Hoffnungslosigkeit verbunden, in der Mehrheit jedoch blieben sie ebenso mißtrauisch und zu wahrer freundschaftlicher Offenheit unfähig, wie sie es während ihrer Karriere unter dem Diktator gewesen waren. Entfremdung, unkritisches Pflichtgefühl, Angst vor dem Vorgesetzten, bürokratischer Automatismus wurden in Gefängnissen und Lagern zu sklavischem Automatismus und zur Unterwürfigkeit unfreier Menschen. Dies ist natürlich die äußerste Grenze der Veränderung, die mit einer Persönlichkeit unter dem Druck des Terrors geschehen konnte. Manche näherten sich diesem Zustand, wurden im Lager verstockt oder verwahrlosten, während die anderen, durch schweres Leid gegangen, verständnisvoller und menschlicher wurden.

KAPITEL X

Gefängnisaufenthalt 2

Mißbrauch der Gerichte für politische Verfolgungen, Willkür in Verwaltung und Gericht sind nicht einfach eine das Land ruinierende Verwaltungsmethode, sie sind eine Krebskrankheit, die den ganzen gesellschaftlichen Organismus zersetzt. Die Katastrophe liegt bereits in der Möglichkeit der Willkür.

Darüber spreche ich nicht nur, weil ich in der Vergangenheit selbst Opfer der Gesetzlosigkeit gewesen bin. Denn ich bin nicht nur Opfer, ich war auch Augenzeuge der jahrzehntelang in unserem Land wütenden Repressionen der Massen. Möglicherweise weiche ich vom Hauptthema meiner Erinnerungen ab, kann aber einfach nicht weiterschreiben, ohne zumindest allgemein darauf einzugehen, welchen Stellenwert die Repression der Massen und die Schauprozesse für die politischen und persönlichen Erfahrungen meiner Generation, meine eigenen Lebenserfahrungen haben.

Eine derartige, bis dahin noch nie dagewesene Verbindung von Greueln und Heuchelei wirft natürlich die Frage nach der Verantwortung auf. Wenn Land und Volk die Vernichtung Hunderttausender, ja Millionen unschuldiger Bürger durch die herrschende Clique zulassen, trifft die Verantwortung nicht nur die Herrschenden und ihre Handlanger. Die Herrschenden müssen sich selten vor sich selbst verantworten, sie sind entweder der Notwendigkeit enthoben, der Wahrheit ins Gesicht zu sehen – oder sie betäuben ihr Gewissen. Gewissensbisse sind ein Privileg der Mitläufer eines totalitären Regimes. Ich war einer von ihnen und trage dafür die Verantwortung.

Neben öffentlichen und geheimen Prozessen wurden im Land weitere Maßnahmen getroffen, Hunderttausende unschuldiger Menschen ins Verderben zu stürzen, zu ihnen gehörten Rügen und Parteiausschlüsse seitens der Parteifunktionäre, die einige Jahre lang im ganzen Land üblich waren. Glücklicherweise war ich bis zu meiner Verhaftung nur Kandidat für die Parteimitgliedschaft und damit der Notwendigkeit enthoben, dem Parteiausschluß verfolgter, ehrlicher Menschen zuzustimmen.

Ich war ein „anständiger Mensch“. Gleichwohl erfüllte ich als treuer politischer Mitarbeiter eifrig meine Pflicht, wurde sogar Berichterstatter über diese ungeheuerlichen Schauprozesse.

Und doch möchte ich die Zeit vom Ende der zwanziger bis zum Ende der dreißiger Jahre keinesfalls aus meinem Gedächtnis löschen. Ich lösche sie nicht, und ich kann sie nicht traurig nennen. Wir hatten Freude am Leben, meine Freunde und ich waren voller Kraft, wir lernten, wir perfektionierten unsere Berufskenntnisse, unsere Persönlichkeiten reiften, wir erlebten wahre Liebe und tiefe Freundschaft, uns waren dichterische Höhen zugänglich, wir glaubten an die Zukunft der Menschheit und waren überzeugt, zum Fortschritt der menschlichen Gesellschaft beizutragen. Ja, so war es, und ich halte dies gegen die Skepsis der Menschen unserer Tage, und auch gegen das, wovon ich hier berichte.

1925 erlebte ich erstmals einen politischen Prozeß. Ich hatte gerade meine Tätigkeit als Referent für deutsche Angelegenheiten beim NKID aufgenommen, als ein Prozeß gegen drei deutsche Studenten stattfand: Kindermann, Wolscht und von Dittmar. Das Gericht tagte in einem verhältnismäßig kleinen Saal, der vollbesetzt war. Man legte den drei Deutschen zur Last, im Auftrag der faschistischen Organisation „Konsul" mit verbrecherischen Absichten in die UdSSR gekommen zu sein. Anfangs erschienen in der Presse auch gegen Mitglieder der deutschen Botschaft schlecht begründete Angriffe, später wurde dies nicht mehr erwähnt. Die deutsche Presse behauptete, der Prozeß gegen die Studenten sei nur angestrengt worden, weil man Geiseln für einen Austausch brauche; im April 1925 hatte ein deutsches Gericht einen gewissen Skoblewski wegen seiner illegalen Tätigkeit in Deutschland als „Moskauer Emissär" verurteilt. Damals wußte ich nichts von den näheren Umständen, hielt aber eine Verhaftung der Jungnazis, die als Touristen in die UdSSR eingereist waren, für nützlich, um einen mutigen Kommunisten zu retten, der in die Klauen eines kapitalistischen Gerichts geraten war. Der Prozeß selbst wirkte auf mich bedrückend. Ein Sachverständigengutachten wurde inszeniert, als Experte trat ein Funktionär der Kommunistischen Partei Deutschlands und der Komintern, Neumann, auf; seine Ausführungen hatten keinen Bezug zu dem Gerichtsverfahren, mir schien, als empfinde das Kominternmitglied die ihm zugedachte Rolle als Last; ich saß recht weit von ihm entfernt und konnte dennoch beobachten, wie ihm bei der Befragung durch das Gericht das Blut in den Kopf stieg. Die Angeklagten verhielten sich unterschiedlich: Einer blieb ungerührt und ironisch, der zweite vermochte seine panische Angst kaum zu zügeln, der dritte erfüllte ruhig seine Pflicht als Zeuge der Anklage und sagte alles, was das Gericht von ihm hören wollte.

Schon damals, lange vor den aufsehenerregenden Schauprozessen, wollten wir unsere Zweifel an der Rechtmäßigkeit des Verfahrens zerstreuen und griffen zu folgender rettenden – im Grunde unlogischen – Erklärung: Die Beschuldigten hatten in der Tat die ihnen unterstellten verbrecherischen Absichten, fanden jedoch nicht die Zeit, sie zu verwirklichen ...

Mit ernsten politischen und moralischen Problemen wurde ich 1928 konfrontiert, als der bekannte Schachty-Prozeß, der erste und der aufsehenerregendste Schauprozeß, stattfand. Nicht nur Menschen, die eine Vorstellung von den Zusammenhängen hatten, sondern die Mehrheit der Zeitungsleser und Versammlungsteilnehmer mußte diesen großen Prozeß für eine groß angelegte Fälschung halten. Der Prozeß dauerte viele Wochen; unter dem Vorsitz des bekannten Wissenschaftlers Wyschinski, mit dem Ankläger Krylenko, einem alten Bolschewiken, sowie dem öffentlichen Ankläger Schejn, einem bedeutenden Ingenieur, wurden einige Dutzend Ingenieure zur Verantwortung gezogen. (Scheijn wurde bald danach wegen Sabotage inhaftiert, Krylenko etwa zehn Jahre später mit anderen Opfern des Stalinterrors erschossen.)

In jener Zeit war ich bereits freier Mitarbeiter der *Iswestija,* besuchte aber die Gerichtsverhandlungen regelmäßig als Diplomat, nicht als Journalist. Auch einige deutsche Techniker, die in den Gruben des Donezbekkens gearbeitet hatten, standen unter Anklage. Daraus ergab sich ein Konflikt zwischen der UdSSR und Deutschland. Mit dem Beginn der Gerichtsverhandlungen erhielt ich vom Volkskommissar G. W. Tschitscherin den Auftrag, den Prozeßverlauf zu verfolgen und ihm täglich davon zu berichten.

Im Säulensaal des Gewerkschaftshauses lief den ganzen Sommer über ein ungewöhnliches Schauspiel ab; ältere Ingenieure – darunter herausragende Organisatoren der Produktion, Pioniere des modernen russischen Kohlenbergbaus, Grubenleiter, Steiger, Techniker – stiegen einer nach dem anderen auf das Podest, kniffen beim Aufleuchten der Scheinwerfer die Augen zusammen, erstarrten beim Klicken der Fotoapparate, diffamierten die alte, teilweise auch die neue Intelligentsia, nannten sich Saboteure, schrieben sich und ihren Kollegen die Schuld an sämtlichen technischen Störungen und Pannen zu; die ehemals zum führenden Personal gehörenden Angeklagten behaupteten, in ständigem Kontakt mit emigrierten Grubenbesitzern, ausländischen Banken und Firmen gestanden zu haben. Nach mehr als zehn Jahren Sowjetmacht, nach vor langem gewonnenem Bürgerkrieg stellte sich plötzlich heraus, daß ein großer Teil der technischen Intelligenz mit dem baldigen Sturz der Macht rechnete. Diesen grotesken Schluß mußte man aus den Materialien des Schachty- und anderer Schauprozesse ziehen.

Im Ausland wurde anfangs eine nicht weniger groteske Schlußfolgerung gezogen. Ich erinnerte mich, daß wir in der *Iswestija* ein Telegramm aus Berlin mit einer Meldung der Zeitung *Vorwärts* veröffentlicht hatten. Als ich diese Nummer der *Iswestija* jetzt fand, konnte ich feststellen (das hatte ich vergessen), daß es eine frühe Presseäußerung zu einer Veröffentlichung vom März 1928 war, die den Titel trug: „Bericht des Staatsanwaltes des Obersten Gerichts der UdSSR". Ich zitiere: „Die Sowjetregierung legt ihren Glauben an jahrelange Sabotage dar und räumt damit ein, daß alle russischen Arbeiter und Techniker des Donezbeckens letztendlich entweder mit den Verschwörern gemeinsame Sache machten oder absolute Idioten waren." Seinerzeit erregte dieser Kommentar über den Schachty-Prozeß meine Aufmerksamkeit, ich betrachtete ihn jedoch als eine Art „Verleumdung durch die sozialdemokratische Presse" und redete mir ein, die Informationen über Sabotage in der Kohlenindustrie seien zumindest in den Hauptpunkten begründet.

Ich hegte keinerlei Sympathie für jene Angeklagten, die während des Prozesses die ihnen zur Last gelegten Vergehen zurückwiesen. (Hätte 1941 ein von Berija vorbereiteter Prozeß stattgefunden, in dem ich meine Unschuld beteuert hätte, so hätten die Zeitungsleser auch für mich keine Sympathie empfunden.)

Schon damals vermuteten einige, vor allem Techniker, im Schachty-Prozeß eine Fälschung. Aber viele tausend Menschen, die den Prozeß verfolgten, waren im Bann der „Großen Lüge“, sie wurden sich der völlig grundlosen Beschuldigungen nicht bewußt und zogen daher ungeheuerliche und unsinnige Schlußfolgerungen.

Delegationen aus verschiedenen Landesteilen besuchten diese Gerichtsverhandlungen. Der Saal war stets gefüllt. Einige Logen in Bühnennähe waren für die Familien der Angeklagten reserviert. Eines Tages schrillte aus einer dieser Logen ein Schrei: „Kolja, was redest du da!“ Es war die Frau eines Angeklagten, der beinahe einen ganzen Monat lang in den öffentlichen Verhandlungen seine Schuld bestritten hatte und sie nun plötzlich zugab.

Die Leute im Saal lärmten, sie entrüsteten sich, sie glaubten. Bei meinen Besuchen registrierte ich aufmerksam alles, was die Anklage der deutschen Techniker und ihr Verhalten im Gerichtssaal betraf. Tschitscherin empfing mich fast jeden Abend; er interessierte sich für den Prozeßverlauf und fragte nach Einzelheiten der Geständnisse.

Einmal neigte er seinen Kopf zur Seite und fragte: „Was meinen Sie, warum gestehen sie?“ Dann rief er mit der ihm eigenen gellenden Stimme: „Hat man sie geschlagen? Man hat sie geschlagen! Man hat sie geschlagen! Was denken Sie?“

Ich war erstaunt. Ich weiß wirklich nicht mehr, was oder ob ich überhaupt geantwortet habe, jedenfalls hatte ich keinen Grund, dem zuzustimmen, wie hätte ein junger Mitarbeiter des NKID auf eine solch tragische Frage des Volkskommissars reagieren sollen? Ich kann nicht sagen, was Georgi Wassilewitsch eigentlich meinte: Ob man durch Schläge die Geständnisse tatsächlicher Verbrechen erreicht oder ehrliche Menschen zu falschen Aussagen genötigt hatte? Ich denke, daß Tschitscherin damals noch keine abschließende Meinung vom Charakter der Schachty-Prozesse hatte. Mein Bericht erregte ihn und ließ ihn die ihn bewegende Frage laut stellen. Er war ja ein erfahrener Politiker von durchdringendem, scharfen Verstand und ein zutiefst humaner Mensch und Denker.

Derart kompliziert war die psychische Situation derer, die diese ersten großen Prozeßinszenierungen als Augenzeugen erlebten. Wie klar ist diese Frage jetzt! Man hat geschlagen! Natürlich, man hat sie zusammengeschlagen!

Während des Prozeßverlaufs blieb Tschitscherin nur in einem Punkt bestimmt und hart: Alles registrieren, was zugunsten der in den Sabotageprozeß verwickelten Deutschen spricht. Offensichtlich warnte der Volkskommissar in seinen Berichten an das Politbüro vor den nachteiligen Auswirkungen, die eine Verurteilung deutscher Bürger auf die Beziehungen zu Deutschland haben würden. Offenbar erhielt er keine, oder nur unklare Antworten. Tschitscherin erwähnte mir gegenüber kein Wort darüber, aber der Auftrag, den er mir vor Prozeßabschluß erteilte, bestätigte meine Vermutung. Diese unklare Situation beunruhigte ihn offenbar so sehr, daß er sich zu folgendem Schritt entschloß: Er trug mir auf, unter allen Umständen A. J. Wyschinski, den Vorsitzenden des außerordentlichen Gerichtskollegiums, aufzusuchen, ihm die Meinung des Volkskommissars für auswärtige Angelegenheiten über die nicht bewiesene Schuld der deutschen Techniker im Schachty-Prozeß darzulegen und ihn zu bitten, im Interesse unserer Außenpolitik die angeklagten Deutschen freizulassen, damit sie nach Hause zurückkehren konnten.

Dieser Auftrag des Volkskommissars war nicht leicht

zu erfüllen. Mit meinem Dienstausweis durfte ich die Räume des Gerichtskollegiums nicht betreten, die Sache duldete aber keinen Aufschub. Ich entschloß mich, Wyschinski nach der Sitzung abzufangen; wie Fans auf ihren Opernstar wartete ich abends am Dienstausgang auf Wyschinski. Als er erschien, ging ich auf ihn zu, stellte mich vor (damals kannte er mich noch nicht) und erläuterte den Standpunkt des Volkskommissars. Wir standen unter einer Laterne, Wyschinskis Mitarbeiter blieben etwas abseits. Zuerst hörte Wyschinski mir aufmerksam zu, dann aber besann er sich und erklärte, das Gericht treffe seine Entscheidungen nach Prüfung des Sachverhalts.

Nach diesem Gespräch ging ich in die Redaktion der *Iswestija* und nicht sofort zu Tschitscherin, vermutlich, weil seine Sprechstunde für Mitarbeiter erst um elf Uhr abends begann. Ich verbrachte zwei Stunden in der Redaktion, bevor mich der Chefredakteur I. I. Stepanov Skworzow zu sich rief. Sichtlich überrascht, aber ohne Neugier, ließ er mich wissen, Wyschinski habe nach mir gefragt und um meinen Anruf gebeten. Der Redakteur stellte mir sein Telefon zur Verfügung. Ich ließ mich mit Wyschinski verbinden, der mir etwas verlegen die Freilassung der unter Sabotageanklage stehenden deutschen Techniker mitteilte. Er hatte natürlich einen Befehl von oben bekommen. Warum er mir, einem jungen Mitarbeiter, nicht Tschitscherin persönlich, die Nachricht übermittelte, kann ich nicht erklären.

Persönliche Eindrücke vom Schachty-Prozeß konnte ich während der Gerichtsverhandlungen und vor allem durch diesen vertraulichen dienstlichen Auftrag sammeln: Die Tatsache, daß die Unabhängigkeit des Gerichts offenbar nur bedingt galt, hätte mich den wahren Charakter des Prozesses erkennen lassen können. Damals aber dachte ich anders: In bezug auf die deutschen Bürger spielten außenpolitische Überlegungen eine viel größere Rolle als innenpolitische, zudem war die Schuld der deutschen Techniker nicht leicht zu beweisen.

Der Prozeß der Menschewiki im Jahre 1931 stellte mich vor eine schwere Prüfung. Von der Verhaftung der ehemaligen Menschewiki hatte ich lange vor dem Prozeß erfahren. Aktive und kompetente Wirtschaftsfachleute, ehemalige Kollegen von Dserschinski aus seiner Zeit als Leiter des Obersten Volkswirtschaftsrates (VSNCh), waren verhaftet worden. Unter ihnen befand sich auch einer meiner besten Freunde, Sascha. Von seiner Anständigkeit überzeugt, versuchte ich, ihm nach seiner bekanntgewordenen Verhaftung zu helfen. Ich war noch kein Parteimitglied, glaubte aber, als verantwortlicher Deutschlandreferent beim NKID und Mitarbeiter der *Iswestija* Vertrauen zu genießen. Ich wandte mich also an Julian Marchlewskis Witwe Bronislawa Gunidrowna Marchlewskaja (J. Marchlewski hatte mich für die Arbeit im NKID empfohlen) und bat sie, mit dem OGPU-Vorsitzenden Menschinski zu sprechen und ihm mitzuteilen, ein gewisser Gnedin sei bereit, für diesen Angeklagten zu bürgen. B. G. Marchlewskaja kannte Menschinski schon vor der Revolution, wohnte im Kreml und konnte ihn besuchen. Darauf baute ich meine Hoffnungen. Marchlewskaja behauptete, sie habe meine Bitte erfüllt, aber keine Antwort erhalten. Daraufhin besuchte ich meinen Bekannten Maxim Belski, einen OGPU-Mitarbeiter, fast täglich zu Hause; dieser Belski, der seit der Jugendzeit mit dem Verhafteten befreundet war, sollte sich für ihn verwenden und einer befugten Person meine Bereitschaft mitteilen, für meinen Freund zu bürgen.

Ich weiß nicht mehr, wie lange wir im Ungewissen blieben und ich noch eine kleine Hoffnung auf Erfolg haben konnte. Als ich wieder einmal bei Belski hineinschaute, hörte ich schließlich von ihm die erschütternde Nachricht: „Shenja, was werden Sie zu meiner Mitteilung sagen, daß ich Saschas Aussagen selbst gesehen habe, er hat sich schuldig bekannt. Ich habe die Aussagen auf meinem Tisch gehabt."

Ich war verwirrt. Ich hatte keinen Grund, meinen Bekannten der Lüge zu bezichtigen: Das aber bedeutete, daß Sascha wirklich etwas mit der illegalen Tätigkeit der Menschewiken zu tun gehabt hatte ...

Tschitscherins Frage: „Wurden sie geschlagen, geschlagen?", war mir keine Lehre, keine Mahnung gewesen.

Später erfuhr ich, daß mein Freund das „Untersuchungsfließband" durchlaufen, man aber wenig erreicht hatte. Während des öffentlichen Prozesses saß er nicht auf der Anklagebank, obwohl sein Name erwähnt wurde. Einige Jahre später kam er aus der Verbannung nach Moskau zurück. Er fiel 1941 in den Kämpfen um Moskau.

So erhielt ich vor dem Prozeß gegen Menschewiken im Jahre 1931 „sichere Informationen" darüber, daß die Anklage gegen die als Menschewiken geltenden Wirtschaftsfachleute begründet war. Halb bewußt, halb unbewußt versuchte ich, mich der Situation anzupassen. In der Zeit vor seiner Verhaftung hatte es zwischen meinem Freund und mir einige Meinungsverschiedenheiten gegeben. Im Urteil über Geschehnisse waren wir uns nicht immer einig, in unserer Jugend war dies anders gewesen.

Damals ragten die staatlichen Institutionen wie Festungen aus den Elementargewalten. Die Mitarbeiter des Staatsapparates kämpften mit folgendem Problem: Wie ist die sozialistische Planwirtschaft mit den entwikkelten Marktverhältnissen zu vereinbaren?

(So schrieb ich 1967 in meinen Memoiren, die in *Nowyj mir,* Nummer 7 erschienen sind. Jetzt würde ich sagen: Wie kann man staatliche sozialistische Formen mit menschlichen Beziehungen vereinbaren?) Diese komplizierten Fragen so eindeutig zu beantworten, daß die Wirtschaftsfachleute aus dem VSNCh, die „roten Professoren“* sowie die Mitarbeiter des Parteiapparates einverstanden waren, erwies sich als ausgesprochen schwierig. Für meine Freunde und mich waren verschiedene Meinungen der Wirtschaftsfachleute über theoretisch und praktisch zu lösende Probleme, die neu und kompliziert waren, natürlich und unvermeidlich. Meinungsverschiedenheiten hatten für uns keine politische Bedeutung.

Die Partei- und Staatsführung versuchte jedoch, diesen Meinungsunterschieden eine politische Bedeutung beizumessen. Als die Verfolgungen herausragender Wirtschaftsfachleute begannen, komplizierte sich die staatliche Arbeit, gestaltete sich auf tragische Weise das Schicksal vieler angesehener Menschen, und wer der offiziellen Doktrin vertraute, verfiel einem ebenso tragischen Irrtum.

Nach der Verhaftung der ehemaligen Menschewiken glaubte ich, sie hätten sich nicht von praktischen Erwägungen, sondern politischer Doktrin leiten lassen, verhielten sich dem Aufbau der sozialistischen Wirtschaft gegenüber negativ. Obwohl ich nach wie vor überzeugt war, daß sie in ihrer Mehrzahl keine Verbrechen begangen hatten, legte ich mir keine Rechenschaft ab über die ungesetzliche Verhaftung der „andersdenkenden“ Wirtschaftsfachleute. Ich wußte noch nichts von der Vorbereitung eines neuen großen Schauprozesses und konnte nicht voraussehen, daß ich diesen Prozeß in der *Iswestija* kommentieren sollte.

Ich hatte eine feste Stelle in der Redaktion der *Iswestija* angetreten und befand mich gerade dienstlich in Archangelsk, als der bevorstehende Prozeß gegen das

---

* Ende der zwanziger und Mitte der dreißiger Jahre wurden diejenigen, die aufgrund ihrer Fähigkeiten (nicht aufgrund wissenschaftlicher Arbeiten) Professoren geworden waren, „Rote Professoren“ genannt.

„Unionsbüro der Menschewiken“ angekündigt wurde. Telegraphisch nach Moskau zurückbeordert, wurde ich an die Spitze einer Journalistengruppe gestellt, die für die *Iswestija* über den Menschewiken-Prozeß berichten sollte. Für diese Aufgabe hatte mich der damals zum Redaktionskollegium der *Iswestija* gehörende Karl Radek vorgeschlagen. Radek handelte weder aus guter Absicht noch aus praktischen Überlegungen. Er war der geborene Intrigant, zudem mochte er mich nicht und bereitete mir gern Schwierigkeiten, und die sah ich nun – gleichgültig, ob ich versagen oder mich für die Redaktionsaufgabe begeistern würde – voraus.

Unter dem Eindruck von Belskis Worten vertraute ich dem Anklagebeschluß, leitete die Prozeß-Berichterstattung der Journalisten in beruflich qualifizierter Weise und schrieb am Ende des Prozesses den Leitartikel „Das Wort des sowjetischen Staatsanwaltes“. Der Artikel wurde vom ZK gelobt, aber das war keine Ehre für mich. Denn ein Lob für einen Artikel über das Plädoyer des Staatsanwaltes in einem Schauprozeß war nur mit einer – wenn auch unbewußt – unwahren Darstellung zu bekommen.

Es ist bewiesen, daß der Fall der Menschewiken von Anfang bis Ende eine Fälschung war. Einer der in diesem Prozeß Verurteilten, Michail Petrowitsch Jakubowitsch, ein kluger und höchst anständiger Mensch, überreichte 1966, fast vierzig Jahre später, dem Generalstaatsanwalt der UdSSR eine schriftliche Erklärung, die mit folgenden Worten beginnt: „Es hat kein ‚Menschewistisches Unionsbüro‘ gegeben.“ Dann beschreibt er klar und ausführlich, wie die Gerichtsinszenierungen in den Kerkern mit Hilfe der von Folterungen erschöpften Angeklagten vorbereitet wurden.

Vor vierzig Jahren aber verfolgten die Menschen im überfüllten „Säulensaal“ vertrauensvoll den Verlauf des Gerichtsprozesses und verstanden nicht, daß sie einer

Gerichtskomödie und einer Tragödie unschuldiger Menschen beiwohnten. Wieder lärmte und empörte sich das Publikum, wenn besonders redselige Angeklagte, zum Beispiel Groman, auftraten und mit ihren Aussagen die ihnen zur Last gelegten Verbrechen bestätigten.

Da ich hier nicht die Geschichte meines Lebens erzähle, bleiben viele Ereignisse aus dieser Zeit unerwähnt. Und ich schreibe auch nicht die Geschichte dieser Prozesse, sondern erzähle von meinen Eindrükken. Meine Erinnerungen an die Gerichtsprozesse und das dort erlebte Verhalten von Menschen verbinden sich in meinem Bewußtsein mit den Erinnerungen an die Zeit meiner Inhaftierung und dem dort erlebten Verhalten von Menschen. Gefängnis und Land sind nicht zu trennen. Wer in Freiheit diese Gerichtsinszenierungen für wahr hielt oder halten wollte, war später auch im Gefängnis fähig, sich an der Vorbereitung neuer gefälschter Fälle zu beteiligen.

Die Repressionen gegen die Masse der Bauern während der Kollektivierung waren, ebenso wie die systematischen Repressionen gegen jene Industrieleiter, die aufgrund äußerer Bedingungen ihre Aufgabe nicht erfüllen konnten, die innenpolitische Maßnahme einer Diktatur. Ebenso können diese gefälschten Gerichtsprozesse als eine ausgereifte Methode zur Regierung des Landes bezeichnet werden.

Aber die Zeitgenossen, die sich wahrheitsgemäß für Beteiligte am Aufbau des Sozialismus halten, sahen jene Regierungsmethoden unter anderen Aspekten und beurteilten diese verschiedenen Entwicklungsetappen der Parteipolitik unterschiedlich. Sie hielten die Gerichtsprozesse Ende der zwanziger Jahre, sogar die Kollektivierung mit all ihren Schrecken, für historisch unumgänglich, durch die allgemeine Entwicklung des Landes nach der Revolution bedingt. Bis 1934 glaubten viele, derartige Regierungsmaßnahmen würden trotz aller strittigen und negativen Seiten die erhoffte Entwicklung nicht aufhalten und durch den weiteren Gang der Geschichte gerechtfertigt werden.

Mitte und Ende der dreißiger Jahre sah dies anders aus. Die offiziellen Verlautbarungen zu den Prozessen und Massenverhaftungen sprengten das gewohnte Schema und zerstörten das unversehrte historische Bild. Selbst ergebene Staatsdiener konnten diese Maßnahme nur schwerlich als für die Entwicklung des Landes förderlich ansehen. Die Faktoren hingegen, die dem Land schadeten, seine Entwicklung hemmten, den Verfall des politischen Regimes widerspiegelten, wurden immer offensichtlicher.

Dies führte nicht zu einer sofortigen Befreiung der Menschen aus der Macht der Massenpsychose. Das Verhältnis zu den Gerichtsprozessen illustriert dies: Die damals in unseren Zeitungen veröffentlichten Gerichtsprotokolle wirken heute wie Hirngespinste und bodenloser Unsinn. Die Zeitgenossen jedoch sahen lediglich einige Ungereimtheiten, einige Verdrehungen der Fakten. Im Unterschied zur Mehrheit der Zeitungsleser wußte ich als verantwortlicher Zensor der Depeschen der Auslandskorrespondenten von den Kritikpunkten, die gegen den Gerichtsprozeß erhoben werden konnten.

Meine Erinnerungen an die Prozesse der dreißiger Jahre klingen bedrohlicher und tragischer als an Prozesse vom Ende der zwanziger Jahre. Das ist verständlich: Der Terror wütete, und ich selbst war reifer geworden. Die Woge blutigen Terrors rollte über das ganze Land und hatte bereits Millionen seiner Bewohner verschlungen, wurde immer höher und überrollte nun die Gesellschaftsschicht, die sich außer Gefahr wähnte.

Die Verbindung zwischen Land und Gefängnis wurde noch deutlicher. Die öffentlichen Prozesse Ende der dreißiger Jahre waren Ergebnis einer Serie schrecklicher, einige Jahre lang heimlich in den Kerkern verübter Taten; diese Prozesse bedeuteten auch einen wichtigen Meilenstein des gesellschaftlichen Zerfalls; Ideen und Problemlösungen aus der Gründungszeit des Sowjetstaates hatten ihren Wert verloren. Die überaus unheilvolle Gefängnisatmosphäre drohte, die gesamte gesellschaftliche Atmosphäre zu vergiften.

1937 und 1938 fanden die Schauprozesse nicht im „Säulensaal", sondern im kleineren „Oktober-Saal" des Gewerkschaftshauses statt. Besuche ich heute den „Säulensaal", dann stellen sich keine Assoziationen an die Gerichtsprozesse ein, deren Zeuge ich gewesen war. Der Oktobersaal hingegen bedrückt mich noch immer. In diesem kleinen Raum scheint die nervliche Anspannung konserviert, die aus Leiden und Entsetzen von Opfern und Zeugen dieser ungeheuerlichen gerichtlichen Verbrechen resultierte. Ich sitze im Saal, und vor mir stehen die Gespenster der hingerichteten Funktionäre des Sowjetstaates auf: Der ehemalige Vorsitzende des Rates der Volkskommissare Rykow, der die unsinnigen Phantastereien bestätigt und sich dabei an die Stuhllehne wie an einen rettenden Strohhalm klammert, oder vielleicht auch nur, um nicht vor Schwäche umzufallen; neben ihm das zur Totenmaske erstarrte Gesicht Pjatakows, eines ehemals energischen und willensstarken Industrieorganisators; aus den Kulissen tritt der gramerfüllte Ikramow, ehemaliger ZK-Sekretär von Usbekistan, und im Vordergrund sitzt der elegant gekleidete ehemalige Vorsitzende des Rates der Volkskommissare von Usbekistan, Hodshajew; der bleiche N. I. Bucharin antwortet dem Staatsanwalt, schaut in den Saal, hoffend, der wahre Sinn seiner ausweichenden Antworten und schwer zu deutenden philosophischen Ausführungen werde richtig verstanden; Nikolay Nikolajewitsch Krestinski beschwört mit durchdringender Stimme seine Unschuld, und derselbe Krestinski (ist er es wirklich?)

bekräftigte in einer ihm fremden Kanzleisprache seine Schuld; Radek wendet sich nach der Verkündung des Urteils zum Publikum und schaut mit einem erbärmlichen Abschiedslächeln in den Saal; der ehemalige Volkskommissar für Außenhandel, Rosenholz, beendet sein Schlußwort mit dem Beginn eines Liedes: „Wie schön ist mein Heimatland“, und Jagoda, der ehemalige Volkskommissar für Innere Angelegenheiten, schreibt, einem gehetzten Wolf gleichend, in seinem Schlußwort: „Genossen Tschekisten, Genosse Stalin, verzeihen Sie mir, wenn Sie können!“ Der Staatsanwalt Wyschinski hält sein blutrünstiges Plädoyer und gestikuliert wie ein erfahrener Redner, als agiere er vor einem großen Publikum und nicht in einer geschlossenen Gerichtsverhandlung; in den ersten fünf Reihen des Saales sitzen seltsame, unsympathische Gestalten, es sind die Untersuchungsrichter, die aufmerksam das Verhalten ihrer Opfer verfolgen. Über der Bühne befinden sich einige kleine Fenster mit Vorhängen aus dunklem, feinem Stoff; hinter diesen Vorhängen kann man ungesehen von oben in den Saal schauen, und vom Saal kann man dort kleine Rauchwolken wahrnehmen, Rauch aus einer Pfeife. Der Hauptregisseur und schlimmste Verbrecher weidet sich an diesem schrecklichen Schauspiel, beobachtet die auf seinen Befehl hin erfolgenden ungeheuerlichen Greueltaten ...

Die Prozesse der dreißiger Jahre besuchte ich als Vertreter des NKID und mußte nicht in der Presse darüber berichten. Einen Artikel aber habe ich doch geschrieben: Er behandelte Karl Radeks Schlußworte. Unter anderem behauptete er, die Mitglieder des „Antisowjetischen Blocks“ seien noch immer auf freiem Fuß und prägte dabei die folgenschweren Worte von noch immer unentlarvten „Halb- und Vierteltrotzkisten“.

Mich empörte, daß Radek, um sein Leben zu retten, damit neue Verhaftungen provozierte. Ich legte der Redaktion der *Iswestija* den Artikel mit dem Titel „Eine doppelbödige Rede“ vor. Der Artikel wurde nicht veröffentlicht, weil es verboten war, die Namen der verhafteten „Volksfeinde“ nochmals zu erwähnen. Von denen, die sich an meinen unveröffentlichten Artikel erinnern könnten, ist keiner am Leben geblieben. Aber ich selbst erwähne ihn, weil er eine Schandtat war; ich war über Radeks lügnerische Andeutungen empört, hatte aber nicht daran gedacht, daß dies wie der Todesstoß für einen verwundeten, wehrlosen Menschen wirken könnte. Um die Atmosphäre der Stalinzeit zu begreifen, muß man auch um unwürdiges Verhalten anständiger Menschen wissen.

Dostojewski hatte vollkommen recht, als er sagte: „Das Unglück besteht darin, eine Abscheulichkeit zu begehen, ohne ein Schuft zu sein, oder sich für einen solchen zu halten.“

Unglück oder Schuld? Ich glaube, es ist in erster Linie ein Unglück. Wir waren Opfer der Henker, noch bevor wir ihnen ausgeliefert wurden.

Auch außerhalb der Gefängnisgitter kann der Mensch an unsichtbare Ketten gelegt werden. Ein Beispiel von vielen ist die Beurteilung der gefälschten Gerichtsprozesse. Nicht nur aus primitiver Angst weigerten sich loyale Bürger, daran zu zweifeln, daß im Lande so viele „Saboteure“, „Spione“ und „Volksfeinde“ ihr Unwesen getrieben haben sollten. Wir gerieten in ein Netz, das einengender war als alle Handschellen und Fußfesseln. Wir waren durch Vorurteile, Illusionen, Dogmen, durch eigene Hoffnungen auf eine Erneuerung der Gesellschaft gefangen. Wir haben uns den Dogmen unterworfen, wollten die Hoffnungen nicht verlieren. In unserem Bewußtsein verbarg sich eine Angst ganz besonderer Art: Analysierten wir die Prozesse der „Volksfeinde“ konsequent, könnte die Kette der Schlußfolgerungen zu einer Schlinge werden, die uns selbst erstickte.

War nur ein wesentliches Detail im politischen Gerichtsprozeß unsinnig, so könnte der Verdacht entstehen, der Fall sei gefälscht. Verlief nur ein Gerichtsprozeß nicht überzeugend, so hätte man an der Glaubwürdigkeit der anderen Prozesse, noch mehr an den ungeheuerlichen, grausamen Urteilen zweifeln müssen. Hatten die ganze Gerichtsprozeß-Serie und die sie begleitenden Repressalien keine reale Basis, mußte auch die Innenpolitik angezweifelt werden, deren Grundvoraussetzung die Annahme war, Angehörige oppositioneller Gruppen und Strömungen (wenn sie überhaupt existierten) würden zu gefährlichen Staatsverbrechern, zu Hochverrätern. War dies nicht wahr, hätten sich die Todesurteile sowie die Verfolgung vieler Menschen aus allen Bevölkerungsschichten überhaupt nicht rechtfertigen lassen. Würde sich also herausstellen, daß die Generallinie der Partei von Lüge, Verleumdung und Terror getragen war, so müßte sich auch die Tätigkeit des ergebenen Staatsdieners, der zu solchen Schlußfolgerungen kommt, als ungerechtfertigt, ja verbrecherisch erweisen.

So urteile ich jetzt beim Schreiben meiner Erinnerungen. Zu jener Zeit war ich zu derartigen Überlegungen nicht fähig. Unter den Menschen, die ich damals kannte – von denen ohne Zweifel einige die Zusammenhänge klar erkannten –, wüßte ich keinen zu nennen, der die Last, die eine derartige Schlußfolgerung aus der Analyse damaliger politischer Ereignisse, besonders der Gerichtsprozesse, bedeutete, hätte auf sich nehmen können.

Pawel Ludwigowitsch Lapinski sagte mir im Jahr 1938, nach der Verhaftung zweier enger Freunde: „Mein Kreuz steht, wie das von Jesus Christus, zwischen zwei Räubern." Dieser kluge und durch und durch reine Mensch klagte nicht über die Last des Kreuzes, das er selbst zu tragen bereit war. Er meinte etwas anderes: Man würde ihn, wie die beiden schon gekreuzigten

„Räuber“, mit Füßen treten und kreuzigen. Bald nach diesem denkwürdigen Gespräch wurde er verhaftet und kam im Kerker um, vielleicht zu der Zeit, als auch ich dort war, möglicherweise in der Nähe meiner Zelle.

Keiner wollte gekreuzigt werden, und jeder hoffte, dieser Kelch werde an ihm vorübergehen. Diese Hoffnungen hegten so gar jene noch, die von der Panik bereits überwältigt waren. Die Optimisten glaubten nicht im entferntesten an einen Schicksalsschlag, obwohl es mehr als genug Grund zur Sorge gab. Als ich im Sommer 1937 aus dem Ausland zurückkehrte, erfuhr ich, daß die Mehrheit der Mitarbeiter im Volkskommissariat für Auswärtige Angelegenheiten, auf deren Mitarbeit ich als Leiter der Presseabteilung gerechnet hatte, bereits verhaftet worden war. Ich hatte Freunde und Mitarbeiter verloren; fast schien es, als habe während meiner Abwesenheit in der Stadt die Pest gewütet. Auch in den folgenden zwei Jahren hatte ich mehrmals das Gefühl, als würden die Menschen in meiner Nähe von Kugeln getroffen. Manchmal wurde dies sehr konkret. So blieben während eines von mir zu Ehren einer Delegation schwedischer Journalisten gegebenen Frühstücks die Stühle neben mir leer: In der Nacht waren einige Redakteure sowjetischer Zeitungen verhaftet worden, die noch am Tage zuvor ihre Teilnahme zugesagt hatten. Und ich wähnte mich selbst noch immer sicher. Selbst nach meiner Verhaftung konnte ich die in mein Leben hereingebrochene Katastrophe nicht verstehen.

Der Unwillen und die Unfähigkeit eines aktiven und von seiner Ehrlichkeit überzeugten Menschen, den Gedanken zuzulassen, man könne auch ihn zu Unrecht Repressalien unterwerfen oder sogar vernichten, erscheint seltsam leichtsinnig und ist vergleichbar mit der Beziehung des Menschen zu seinem Tod. Dem Tod kann niemand ausweichen, und dennoch verdrängt der Mensch den Gedanken mit aller Kraft und lebt, als sei er unsterblich. Möglicherweise ist diese instinktive Ablehnung des Gedankens an den Tod eine Erklärung dafür, daß ich in den Jahren des Terrors nie daran denken wollte, daß man mich, einen unschuldigen Menschen, verhaften könne.

Übrigens dachte ich auch im Gefängnis niemals, mein Leben sei zu Ende.

KAPITEL XI

Unerwartete Begegnungen im Gefängnis

In den Erinnerungen an meinen Lebensweg rufen verschiedene Stimmen aus meinen verschiedenen Lebensperioden einander zu, sie sind Widerhall meiner freudigen und traurigen Erlebnisse. Am Schluß der Erzählung werde ich versuchen, den Klang der verschiedenen Stimmen zu vergleichen, die „Reinheit des Tons“ zu bestimmen. Jetzt aber, wo ich die Erzählung über meinen Kampf um Leben und Menschenwürde wieder aufnehme, höre ich im Gefängnis eine Stimme den Schwur ablegen: „Kein Wort, keine Folter – und sei's bis aufs Blut – läßt Treue zum Land in mir wanken!“ Ich rufe mir meine Überlegungen aus der Untersuchungszeit in das Gedächtnis zurück: Nichts konnte meine Überzeugung erschüttern, nicht nur falsche Anschuldigungen widerlegen zu müssen, sondern auch das Recht zu haben, dieser Willkür und Verleumdung meine Treue zum Sowjetstaat und meine Weltanschauung entgegenzustellen. Ohne diesen Glauben hätte ich den Folterungen und Provokationen nicht widerstehen können.

Im Winter wurde ich von Unterleutnant Garbusow zum Verhör gerufen. Er war neu in diesem Amt und hatte von seinem Vorgesetzten eine genaue Liste der Fragen bekommen, die er mir stellen mußte. Dieser junge rothaarige Mann schrieb sorgfältig und ohne Eile meine Antworten auf. Er verhielt sich ruhig und korrekt; wahrscheinlich lag dies in seinem Charakter begründet, denn wäre er grob und unfreundlich gewesen, hätten seine Vorgesetzten ihm das nicht vorgeworfen. Auch unter schlimmeren Umständen verhielt er sich mir gegenüber noch menschlich. Später dann war feststellbar, daß er sich allmählich die groben Manieren eines waschechten Untersuchungsrichters jener Zeit aneignete.

Sich an den Inhalt dieser Verhöre zu erinnern, lohnt nicht. Garbusow hielt mir keine verleumderischen Aussagen vor, weder meine Familie noch meine berufliche Tätigkeit interessierten ihn. Zweimal wurden mir aus dem NKID-Archiv Aufzeichnungen meiner Gespräche mit ausländischen Diplomaten vorgelesen, aber warum gerade diese ausgewählt und erklärungsbedürftig waren, blieb mir unverständlich. Interessanterweise erwähnte keiner der Untersuchungsrichter jemals meinen Vater Parvus, obgleich auf meiner Akte neben meinem Namen auch der Vermerk „Sohn von Parvus" stand. Garbusow wußte offensichtlich nicht, daß ich nach Parvus' Tod dessen Erbschaft, um die ich lange gekämpft hatte, dem Sowjetstaat übereignet hatte. Die Leiter der Untersuchung waren natürlich darüber informiert; während der Verhöre vermieden sie jedoch die Erwähnung von Ereignissen in meinem Leben, die dem Versuch zuwidergelaufen wären, mich als einen Feind des Staates darzustellen.

Garbusow befragte mich zur Arbeitsorganisation im NKID, versuchte jedoch keine böswillige Interpretation meiner Antworten. So entstand der Eindruck, hier sammele jemand tatsächlich Fakten über die Arbeit des diplomatischen Apparates.

Einmal wurde ich spät nachts zum Verhör geholt. Ich war wie jedesmal, wenn der Wärter die Tür öffnete und meinen Namen nannte, erschrocken und aufgeregt. Zwar hatte ich selbst meinen Zellennachbarn erklärt, wir müßten einem plötzlichen nächtlichen Aufruf keine besondere Bedeutung beimessen: Der Untersuchungsrichter lasse einen Häftling mit derselben geschäftigen Gleichgültigkeit holen, mit der er eine Akte aus dem Schrank herauszog. Während er gegen drei Uhr morgens auf das Auto wartete, um nach Hause zu fahren, konnte er entweder eine nicht zu Ende gelesene Akte aufschlagen oder einen Häftling herbeizitieren, um ihm irgendeine am Tage vergessene Frage zu stellen. Wir aber zitterten und versuchten, das Verhalten des Bürokraten zu deuten.

In dieser Nacht, die ich jetzt beschreibe, geschah nichts Ernstes. Zwei junge, mir unbekannte Untersuchungsrichter forderten mich auf, ihnen die Bedeutung einiger dienstlicher Versetzungen beim NKID zu erklären. Sie wollten wissen, in welchen Fällen es sich um Beförderung, in welchen um Herabstufung gehandelt hatte. Nachdem die im zentralen Apparat offensichtlich neuen Untersuchungsrichter meine Antworten gehört hatten, tauschten sie in meiner Anwesenheit ihre Meinungen aus: Endlich hätten sie einleuchtende Erklärungen bekommen. Sie waren zufrieden, sie hatten glaubwürdige Informationen über die Versetzungen im diplomatischen Apparat erhalten. Aber bei ihrem Versuch, diese Probleme zu verstehen, gingen sie davon aus, an der Spitze dieses Apparates stünden Feinde des Staates. Jede im Grunde richtige Erklärung einer Versetzung als Beförderung oder Herabstufung konnte dazu führen, jeden der Betroffenen böswillig verbrecherischer Absichten zu beschuldigen.

Es war ein Circulus vitiosus ...

Ende 1939 begann ich, über den Gefängnisdirektor systematisch Bittschriften zu versenden. Sie waren an verschiedene Adressaten, darunter auch an Berija, gerichtet. Ich forderte Gegenüberstellungen mit jenen Personen, deren Aussagen mich belastet hatten, und führte verschiedene Beweise meiner Schuldlosigkeit an. Im Februar 1940 forderte ich Papier für eine Bittschrift an

Molotow und erhielt einen winzigen Fetzen. Darauf schrieb ich an den Gefängnisdirektor, man mache es mir unmöglich, ausführlich an das Regierungsoberhaupt zu schreiben.

Daraufhin erhielt ich einen halben Bogen Papier, konnte Molotow eine detaillierte Gegendarstellung geben und um Einstellung des Verfahrens gegen mich ersuchen. Ich bat ihn, zur Wahrheitsfindung beizutragen.

Es ist mir peinlich zu gestehen, daß ich damals noch immer hoffte, ein klar konzipiertes Schreiben an den Vorsitzenden des Rates der Volkskommissare könne das Verfahren positiv beeinflussen. Ich glaubte nicht, Molotow werde persönlich eingreifen, ging aber davon aus, daß die Bittschriften aus dem Gefängnis mit Sicherheit registriert und berücksichtigt würden. Später mußte ich begreifen, daß die Beschwerden und Bitten, die wir aus Gefängnissen und Lagern schickten, überhaupt keine Rolle gespielt haben. Als ich nach Moskau zurückgekehrt war, erfuhr ich von einem ehemaligen Mitarbeiter aus Molotows Sekretariat, letzterer habe die Bittschriften unschuldig Verfolger weder gelesen noch beantwortet, sondern angeordnet, Briefe von Verfolgten aus der eingehenden Post auszusortieren. Wir waren abgeschrieben, die Beteuerungen unserer Unschuld wurden zu Makulatur.

Anfang 1940 wußten wir Inhaftierten schon vom Krieg gegen Finnland. Wie schwer dieser Krieg war, mit welch hohen Verlusten er verbunden war und daß er von der Sowjetunion angefangen wurde, wußten wir natürlich nicht.

Die Nachricht, die Kriegshandlungen würden vom Leningrader Militärbezirk aus geleitet, ließ mich im Gegenteil vermuten, der militärische Konflikt sei begrenzt und unsere Regierung hätte demonstriert, wie ungefährlich Finnland als Gegner sei, wenn die Truppen eines Bezirks ausreichten, den Versuch zu vereiteln, unsere

Grenze zu verletzen. Das war ein großer, ein sehr großer Irrtum!

Den militärischen Konflikt mit Finnland bewertete ich aufgrund meiner Vorstellung über internationale Angelegenheiten, die aus der Zeit vor meiner Verhaftung datierten. Ich war Zeuge verschiedener Grenzkonflikte gewesen, Versuche des Auslands, die Verteidigungsfähigkeit der UdSSR „mit dem Bajonett zu prüfen", und hatte darüber in der Presse berichtet. Ich nahm an, der militärische Konflikt mit Finnland habe die gleichen Ursachen.

Erst Ende 1939 erfuhren wir in unserer Zelle über die Eingliederung West-Weißrußlands und der West-Ukraine in die Sowjetunion. Ich wußte um die unterdrückten nationalen Minderheiten in Polen; die Außenpolitik der polnischen „Obersten" hatte mich sehr erzürnt. Natürlich freute ich mich über die Veränderungen im Westen. Aber über Polens Verschwinden von der Landkarte wußte ich nichts, keiner hatte davon gehört oder wagte, darüber zu berichten.

In der Zelle ärgerte ich mich über die fehlende Möglichkeit, mir einen Überblick über die internationale Lage zu verschaffen. Etwa seit Beginn der zwanziger Jahre hatte ich mich bewußt mit Politik beschäftigt, hatte mich als Auslandsjournalist und Diplomat immer mehr als ein aktiver Vertreter der Außenpolitik, als handelndes „Subjekt" der Politik empfunden. Und nun war ich zu ihrem Objekt geworden. Hatte ich mir früher überlegt, wie ich die mir bekannten politischen Maßnahmen vorbereiten, verwirklichen oder verbreiten könne, so konnte ich jetzt nur noch darüber rätseln, wie die mir unbekannten politischen Maßnahmen mein Schicksal beeinflussen würden.

Für die Bevölkerung des Landes war der Mangel an Information und die Hilflosigkeit, die ich im Gefängnis als etwas Ungewöhnliches und Unangenehmes empfand, zu etwas Gewöhnlichem und sogar Natürlichem geworden.

Im Winter 1939/1940 hatte ich noch nicht verstanden, daß der Verlust des stolzen Gefühls, an der politischen Arbeit aktiv beteiligt zu sein, mich zugleich von Fesseln und Illusionen befreit hatte. Daher wurde das Gefühl, physisch und seelisch in einem engen Raum, in einem Kreis ohne Licht eingesperrt zu sein, immer schmerzlicher.

Ich suchte einen Ausweg in der Dichtung. Auf diese Weise rettete ich mich vor Depressionen. Ich sagte schon, daß Gedichte im Gefängnis nicht nur ein Mittel zur Äußerung meiner Gedanken und Gefühle, sondern auch stärkstes Mittel der Autosuggestion waren.

Ich stellte dem dunklen, verschlossenen Rechteck der Gefängniszelle Bilder der weiten offenen Welt und des Alls entgegen.

Ende März 1940 kam der Abschiedstag von der Zelle des Inneren Gefängnisses des NKWD. Der Weg, das war mir nun klar, führte mich nicht in die Freiheit, vor mir lag eine Wanderschaft durch Gefängnisse und Lager. Obgleich meine Hoffnungen auf einen gerechten Abschluß der Untersuchung verflogen waren, hatte ich noch immer nicht gelernt, meine Lage nüchtern zu beurteilen: Ich erwartete eine Wende zum Besseren. Sollte man beginnen, mich zum Abtransport vorzubereiten (Durchsuchung und so weiter), wollte ich dies meinen Zellengenossen mitteilen. Dafür gab es einen „Code“: Der abgeführte Häftling schickte seinen Zellengenossen als Zeichen, daß ihm nichts Schlimmes widerfahren war, durch die Bewacher ein angeblich versehentlich eingestecktes Stück Seife. Das tat auch ich; doch sollten meine Zellengenossen diese Nachricht erhalten haben, dann habe ich sie unfreiwillig getäuscht.

Die erste Fahrt mit dem „Rabe“ genannten Häftlingswagen hat mich zutiefst bewegt. Diese heftigen Gefühle wurden nicht durch den engen Stahlkäfig verursacht, in den ich hineingeschoben wurde, sondern durch die Nähe meiner neuen „Gefängniszelle" zur Außenwelt, zu den Menschen. Der „Rabe" sah unverfänglich aus und war mit einer Aufschrift wie „Fleisch" oder „Brot" versehen. Darum erschreckte das Auto, in dem gequälte Menschen im Dunklen hockten, die Leute auf der Straße nicht. Wenn das Auto an einer Kreuzung hielt, hörte ich ganz in meiner Nähe Passanten sprechen, hörte Kinderstimmen und -lachen. Aufgeregt nahm ich den gewöhnlichen Straßenlärm wahr; hier klappte eine Autotür, dort kreischten Bremsen, fröhlich klingelte die Straßenbahn. Neben mir brodelte das unsichtbare und ersehnte Leben. Seine Wellen plätscherten direkt an diese Zelle, an die stählerne Trennungswand. Leben und Menschen aber blieben hier für den Gefangenen ebenso unerreichbar wie hinter den hohen Mauern der Einzelzelle.

Ich vermutete, man werde mich ins Butyrski-Gefängnis bringen und hoffte, das Ziel werde nicht Lefortowo, das Gefängnis mit „strengem Regime", sein. Was man mit den Untersuchungshäftlingen in Lefortowo tat, hatte ich doch schon in der „Lubjanka" hinter mich gebracht! Wie groß war mein Entsetzen, als ich aus dem „Raben" stieg und den schrecklichen Heulton vernahm, für den Lefortowo bekannt war. Die Häftlinge wußten, daß im Gefängnis von Lefortowo Tag und Nacht die Geräusche einer in der Nähe liegenden Fabrik zu hören waren. Dieses ohrenbetäubende Heulen ließ mich in der Erwartung neuer Qualen erschrecken.

Das zur Zarenzeit erbaute Militärgefängnis in Lefortowo galt als grauenvoller Ort. Auch jetzt, während ich dies schreibe, befinden sich im Lefortowo-Gefängnis Menschen in Haft, werden Bürger verhört, gegen die ein Verfahren durch die Staatssicherheitsorgane eingeleitet wurde. Es wurde ein neues, spezielles Untersuchungsgebäude errichtet. Auf diese Weise geraten Häftlinge, Beschuldigte und Zeugen sofort in eine klassische Gefängnisburg.

Der massive Gebäudekomplex in Form eines ‚K' hat sich in mein Gedächtnis eingeprägt; wo die Wege der Flügel zusammenliefen, bildeten sie eine Kreuzung. Von unten waren die Galerien vor den Zellentüren sichtbar, dort gingen die Aufseher auf und ab. An der Kreuzung standen Wachhabende; sie signalisierten mit Fähnchen den Begleitposten die Richtung des freien Weges.

Ich wurde in eine der oberen Etagen geführt. Die schwere Tür ging auf, und obwohl ich wußte, daß ich mich im oberen Gebäudeteil befand, schien mir, als sei ich in einen Keller hinuntergestiegen. Unmittelbar verantwortlich für diesen Eindruck war vermutlich ein winziges Fensterchen unmittelbar unter der Decke und der wie Erde aussehende, ungedielte Fußboden.

Es war eine Zelle für zwei Personen. Mein neuer Nachbar, ein Mongole, grüßte schweigend und mit einer Verbeugung. Ich schaute mich in der Zelle um und begann, in diesem engen Raum auf- und abgehend, mir den Text eines sofortigen Gesuches an den Untersuchungsrichter zu überlegen. Plötzlich ertönte die Stimme meines Nachbarn: „Seid Ihr vom Militär?" Ich verneinte und verhehlte meine Verwunderung nicht, denn ich trug einen typischen Zivilanzug und hatte so gar keine militärische Haltung. Ich denke, mein unter Gefängnisbedingungen ungewöhnlich entschlossener und strenger Anblick hat meinen Nachbarn irregeführt.

Meine schlimmsten Befürchtungen über das Lefortowo-Gefängnis bestätigten sich. Ich klopfte mit der Faust an die Tür, rief den Wärter und unterrichtete ihn über mein Vorhaben. In einem solchen Fall führte man im Inneren Gefängnis den Häftling in eine Kammer, wo er Papier bekam. In Lefortowo wurden die Häftlinge nur zum Verhör oder zum Spaziergang hinausgeführt.

Der Wärter brachte mir ein Blatt Papier, und in seiner Anwesenheit schrieb ich das Gesuch an den Untersuchungsrichter. Darin erklärte ich ohne Umschweife, die Überführung in das Lefortowo-Gefängnis ändere meine Haltung nicht, und ich würde bei klarem Verstand meine angeblichen Verbrechen nicht gestehen. Ich wollte damit möglichen Einschüchterungen vorbeugen und außerdem schriftlich dokumentieren, daß ich in normalem Zustand die Beschuldigung weiterhin bestreiten würde.

Ich richtete mich auf neue Folterungen ein. Aber wiederum erwies sich meine persönliche Einschätzung der Lage als falsch. Denn in Lefortowo wurde ich nicht gefoltert.

Anderthalb Monate lang konnte ich meine Zelle nicht verlassen. Während dieser Zeit lernte ich meinen Nachbarn, den großen, breitschultrigen Mongolen mit dem breiten, pockennarbigen Gesicht und dem aufmerksamen Blick, näher kennen. Diese Begegnung gehört nicht nur zu den interessantesten meines Gefängnisaufenthaltes, sondern meines Lebens. Geliko Hasotschyr, so hieß mein Nachbar, sprach nicht gut Russisch, doch nach und nach lernten wir, einander zu verstehen. Wir spielten oft Schach. Geliko modellierte aus Brot Schachfiguren, ein Brett bekamen wir vom Wärter.

Manchmal streckte sich Geliko Hasotschyr auf der Pritsche aus und sang mongolische Lieder; er lag reglos, schlug aber mit den Fersen den Takt, diese einfachen Bewegungen waren ungewöhnlich rhythmisch und verliehen der ganzen Gestalt dieses großen Mannes Eleganz und Leichtigkeit.

Während unserer Gespräche erhellten seine Gedanken sein bemerkenswertes Gesicht, wie verändert aber war er, als der Gefängnisdirektor einmal in die Zelle kam. Der Mongole verbeugte sich tief und schaute den Gefängnisdirektor finster an, der seinerseits den „untertänigen pockennarbigen Asiaten" finster anschaute, den dieser gar nicht feige und überaus kluge Mensch spielte.

Geliko Hasotschyr stammte aus einer armen Familie. In seiner Jugendzeit war er Hirte bei einem „Bei" gewesen. Wie er Lesen und Schreiben lernte, wie er seine Ausbildung bekam, weiß ich nicht. Offensichtlich war er begabt und hatte mehr Initiative als andere Jungen aus demselben Milieu. Als die Menschen in den armseligen Mongolenzelten von der Oktoberrevolution erfuhren, schloß sich Hasotschyr dem revolutionären Kampf an. Am Tag seiner Verhaftung war er schon Volkskommissar für Innere Angelegenheiten der Mongolei. Er verständigte sich mit mir in gebrochenem Russisch und war sicherlich von Natur aus wortkarg, sprach aber mit offensichtlicher Erregung und tiefer Betroffenheit von dem mongolischen Revolutionshelden Suche-Bator und mit offener Abscheu von Marschall Tschojbalsan, der in jenen Jahren als „mongolischer Stalin" verehrt wurde; sein Name war in unseren Zeitungen populär gemacht worden, wird jetzt aber nicht mehr erwähnt und ist vergessen.

Geliko Hasotschyr vertraute mir offenbar und zeigte mir sogar Sympathie. Trotz der Sprachschwierigkeiten konnte er in unseren Gesprächen die degenerierte Führung der Mongolei darstellen, die sich anschaulich darin bewies, daß an die Stelle des jungen, leidenschaftlichen, mutigen und überzeugten Revolutionärs Suche-Bator der berechnende, zynische und grausame „Marschall" Tschojbalsan getreten war.

Die Geschichte von Hasotschyrs Verhaftung, dem Teilnehmer an der mongolischen Revolution, könnte man farbig nennen, wäre sie mir nicht mit kargen Worten berichtet, nach denen der Erzähler lange suchen mußte. Eines Tages waren die ihm gut bekannten „Moskauer Berater" in sein Arbeitszimmer gekommen, hatten ihm eine Pistole an die Schläfe gehalten, die Hände auf den Rücken gedreht und die Augen verbunden. So wurde der verhaftete Volkskommissar durch das Regierungsgebäude geführt, ins Auto gesetzt und zum Flughafen gebracht. Das Flugzeug brachte ihn auf sowjetisches Territorium; dann wurde er, immer noch mit verbundenen Augen, wieder in ein Auto gesetzt und fand sich schließlich in einem Gebäude wieder. Hier endlich wurde ihm die Augenbinde entfernt: Er war, wie er später herausfand, im Keller eines Gefängnisses in Ulan-Ude, der Hauptstadt der autonomen sowjetischen Burjat-Mongolischen Republik (heute Burjätische Republik).

Er wurde schwer gefoltert, insbesondere durch zahlreiche harte Schläge auf den Hinterkopf (am Hals waren Narben zu sehen). Er litt unter den Folgen der Schläge und hielt offensichtlich seine Gesundheit für immer zerstört. Im übrigen glaubte Hasotschyr nicht, daß er am Leben bleiben würde. Er hielt sich für einen zum Untergang verurteilten Mann, sprach aber niemals darüber, klagte nicht und erregte sich nicht.

Als ehemaliger Volkskommissar der Mongolei, der mit den Arbeitsmethoden seiner „Moskauer Berater" bestens vertraut war, war er verständlicherweise überzeugt, ein in ein stalinistisches Gefängnis geratener Mensch werde es nie wieder verlassen und sein Leben bestenfalls in einem Lager beenden.

Viele ehemalige Funktionäre der Mongolischen Republik wurden nach Moskau gebracht. Mein Nachbar wußte davon und erzählte mir, mit Rücksicht auf die Lebensgewohnheit der Mongolen bekämen sie ausnahmsweise im Gefängnis Fleisch. Ich erinnere mich an seine Worte, nicht aber, daß Hasotschyr selbst in meinem Beisein Fleisch bekommen hätte. Er wurde hin und wieder zum Verhör geholt, erzählte aber nichts darüber und lag nach seiner Rückkehr in die Zelle stundenlang wortlos auf der Pritsche.

In meinem Fall schien nun wirklich eine Wende zum Besseren einzutreten; zumindest hatte ich alle Gründe, dies zu glauben. Am 16. April 1940 schrieb Unterleutnant Garbusow wieder ein Protokoll über die Beendigung der Untersuchung. Er brauchte dafür weniger als eine halbe Stunde, füllte das Formular aus und schrieb, ohne mir eine Frage zu stellen, in die entsprechende Rubrik: „Ich bekenne mich nicht schuldig“. Mit einer solchen Eintragung war ich zufrieden. Alles Nötige zur Widerlegung der Anklage hatte ich ja bereits im vorigen Protokoll über den Untersuchungsabschluß geschrieben. Nun reichte es aus, daß noch einmal ein wichtiges Dokument meiner Akte bestätigte, daß ich über irgendwelche Verbrechen keine falschen Aussagen gemacht und meine Unschuld bezeugt hatte.

Im Gegensatz zu meinem Nachbarn im Inneren Gefängnis, der sich bei meiner Nachricht über den glücklichen Untersuchungsabschluß gefreut hatte, reagierte mein Nachbar im Lefortowo-Gefängnis auf meine erfreute Mitteilung über die beendete Untersuchung reserviert. Er wußte nichts über meinen Fall – er war einfach voll tiefen Mißtrauens gegen die Untersuchungsrichter und ihre Vorgesetzten.

Ich hingegen glaubte, die Untersuchung sei wirklich beendet. Dieses Mal hatte ich freilich keine Illusionen und hoffte nicht mehr, nun endlich nach Hause zu meiner Familie zurückkehren zu können.

Ein Jahr war seit meiner Verhaftung vergangen; bei dem Gedanken an die Erfahrungen der schrecklichen Wende in meinem Leben war ich voll widerstreitender Gefühle. Der Gedanke, diese Prüfungen bestanden, meine Ehre gewahrt zu haben, dem Unheil entflohen und am Leben geblieben zu sein, erfüllte mich mit Stolz und Glück. Gleichzeitig war es peinigend, daß ich trotz aller Zurückweisungen der Beschuldigungen nicht freigelassen wurde. Ich machte mir große Sorgen über die nähere und fernere Zukunft. Das frühere Leben war zu Ende, aber welches neue Leben konnte ich erwarten?

Nach dem ersten Untersuchungsabschluß begann ich, vom Wiedersehen mit meiner Familie zu träumen, hörte aus der Ferne die Stimme meiner Frau, glaubte, sie aus der Nähe zu hören. Nach dem zweiten glücklichen Untersuchungsabschluß war ich zutiefst niedergeschlagen, hatte keine Hoffnung mehr, meine Familie bald wiederzusehen, trauerte über die lange Zeit, die die Trennung von meiner Frau noch andauern würde.

Am 19. Mai 1940, einen Monat, nachdem das Protokoll über den Untersuchungsabschluß verfaßt worden war, rief mich Untersuchungsrichter Garbusow wieder zu sich und begann, als sei nichts gewesen, mit einem Verhör. Ich erinnere mich, daß er mich fragte, wo und wann ich Karl Hofman begegnet sei; in den zwanziger Jahren war er, wie auch ich, Mitarbeiter des diplomatischen Corps und wurde später Auslandsjournalist. Im Unterschied zu mir war K. B. Hofman bereits in den zwanziger Jahren Parteimitglied. Unsere Wege kreuzten sich mehrmals, in Moskau, im NKID und in Berlin, wo er Korrespondent der *Prawda* und ich erster Botschaftssekretär war. Er war ein netter, gutherziger Mensch und erfahrener Journalist.

Während des Verhörs wog ich jedes Wort sorgfältig und dachte traurig daran, daß möglicherweise auch Hofman in die Krallen der Kerkermeister geraten war. Zum Glück irrte ich mich. Nach Moskau zurückgekehrt, erfuhr ich, daß er nicht verhaftet worden war, obwohl er nach dem Krieg in der Partei Schwierigkeiten gehabt hatte. In Moskau nahmen wir unsere freundschaftlichen Kontakte wieder auf, die wir bis zu seinem Tode pflegten.

Nach dem unerwarteten Verhör am 19. Mai fragte ich den Untersuchungsrichter, wie dieses zu verstehen sei: Ob die Untersuchung wieder aufgenommen worden sei oder dieses Verhör außerhalb der Untersuchung meines Falles geführt werde. Garbusow gab eine unklare Antwort – es könne alles geschehen.

Nach einem weiteren Monat wurde ich am 25. Juni aufgefordert, meine Sachen zu packen. Ich freute mich, Lefortowo, das Gefängnis mit dem „strengen Regime“, zu verlassen. Mein Nachbar Hasotschyr sah traurig zu, wie ich aufgeregt meine Sachen packte.

Bald sollte ich von der Existenz eines Gefängnisses erfahren, das noch schrecklicher war als Lefortowo: das geheime Sondergefängnis in Suchanowo.

KAPITEL XII

Erste Tage im Sondergefängnis Suchanowo

Erneute Folter

Die Fahrt mit dem „Raben“ – dieses Mal nicht nach, sondern von Lefortowo – zog sich sonderbarerweise in die Länge. Ich saß im Stahlkäfig und lauschte aufmerksam den Stimmen der Menschen, dem Klingeln der Straßenbahn, den Autohupen, achtete darauf, wie oft wir die Richtung wechselten und an den Kreuzungen hielten, und versuchte, so zu erraten, in welchem Teil der Stadt wir uns befanden. Zweifellos brachte man mich – wie alle Häftlinge mit abgeschlossener Untersuchungsakte – in das Butyrski-Gefängnis. Bald bemerkte ich jedoch verwundert, daß der Straßenlärm abnahm, dann ertönte der Pfiff einer Lokomotive, unser Auto hielt an einer Eisenbahnschranke, und als es wieder anfuhr, spürte ich an den Stößen den Weg über die Schienen. Man brachte mich also aus der Stadt. Mich durchzuckte eine phantastische Idee: Im Laufe der einjährigen Untersuchung ist meine Unschuld festgestellt worden, und nun, vor der Entlassung, werde ich in ein Gefängnis mit milderen Bedingungen außerhalb der Stadt gebracht. Diese tröstlichen Gedanken schob ich aber sofort wieder weg, hatte ich doch gelernt, solcher naiven Illusionen Herr zu werden.

Endlich wurde die Autotür geöffnet. Wir befanden uns außerhalb der Stadt, aber zum Umsehen blieb keine

Zeit, die Begleitmannschaft führte mich rasch in ein kleines einstöckiges Haus und sperrte mich in eine der vielen Kammern, deren Türen ich bemerkt hatte. Als erfahrener Häftling begriff ich, daß ich in einem provisorischen Raum eingesperrt war, während meine Papiere einem Vorgesetzten auf den Tisch gelegt wurden, der meine feste Bleibe bestimmen sollte. Doch diese Kammer war anders als die in der Lubjanka oder in Lefortowo. Sie war nicht beleuchtet und überaus eng. Meine Ellenbogen berührten die Wände; auch die Beine konnte ich nur ausstrecken, wenn ich gerade auf der schmalen Bank an der hinteren Wand saß.

Quälend lange zogen sich die Stunden hin. Ich nickte ein und wachte auf, schlief wieder ein, erwachte wieder, lauschte im Dunkeln dem Rascheln und Flüstern draußen. Ich bekam weder Essen noch Trinken. In dieser sehr gut als Karzer vorstellbaren Kammer verbrachte ich etwa sechzehn Stunden. Als ich dorthin gebracht wurde, war die Sonne noch nicht untergegangen, herausgeholt wurde ich am hellen Tag.

Man führte mich über einen großen Hof, ich bemerkte große, schattige Bäume. Diesen schönen Junitag konnte ich nicht lange genießen. Man stieß mich in einen gewöhnlichen Eingang, der nicht an ein Gefängnis erinnerte und brachte mich über eine kleine Treppe in den zweiten Stock; ich fand mich in einem engen Korridor wieder, in dem rechts und links Türen mit Gucklöchern waren; eine von ihnen wurde aufgeschlossen, ich wurde in eine Zelle gestoßen, in eine Zelle des Geheimgefängnisses von Suchanowo.

Über das Gefängnis von Suchanowo muß ich etwas ausführlicher berichten, denn mein Zeugnis ist vermutlich eines der wenigen, das ein Häftling von „Suchanowka“ den Nachkommen überliefern kann. Die Zahl der Häftlinge war dort bei weitem geringer als im Lubjanka-, Lefortowo- oder Butyrski-Gefängnis. Heute leben nur noch wenige der ehemals im Suchanowo-Gefängnis Eingekerkerten.

Lawrentij Berija ließ das nahe bei Moskau gelegene Geheimgefängnis Suchanowo Ende der dreißiger Jahre errichten. Offensichtlich verfügen auch ausländische Wissenschaftler, die umfangreiches Material über die Gefängnisse und Lager der Stalinzeit gesammelt haben, nur über sehr karge Informationen hinsichtlich des „Suchanowka“. In unserem Land wußten und wissen nur wenige von dessen Existenz. In den Jahren, als Häftlinge dort litten, wurde selbst der Name dieses Gefängnisses streng geheimgehalten. Ich befand mich im Suchanowka-Gefängnis in Haft, wurde aber in den Lefortowo-Listen geführt. Diese Auskunft gab man damals auch meiner Frau, und auch ihre Päckchen wurden in Lefortowo in Empfang genommen. Selbst in der mir 1941 in Suchanowo vorgelegten Anklageschrift wurde ich als Häftling von Lefortowo bezeichnet.

Das ehemalige Kloster, in dem dieses Gefängnis untergebracht war, befand sich in der Nähe des beliebten Erholungsheims des Architektenbundes. Viele Jahre lang ahnte keiner der Erholungssuchenden, daß er in der Nähe eines finsteren Gefängnisses spazierenging. Als ich nach Moskau zurückgekehrt war, fragte ich viele meiner Bekannten, was sie über Suchanowo wüßten, und bekam immer die gleiche Antwort: In diesem malerischen Ort an der Pawelezker Chaussee befinde sich ein ausgezeichnetes Erholungsheim.

Geheimgehalten wurden nicht nur die Verbrechen im Inneren des ehemaligen Klosters, auch sein Äußeres verriet nichts von einer Umwandlung dieses Klosters in ein Gefängnis. Wahrscheinlich war das Gefängnis in Suchanowo das einzige der UdSSR ohne vergitterte Fenster. Ein zweistöckiges Gebäude umrahmte das Gefängnis; dort befanden sich vermutlich früher die Klosterzellen. In die Fenster war dickes Milchglas eingesetzt, diese

Fenster waren völlig undurchsichtig. Von außen wirkte das Haus wie ein Labor oder eine kleine Fabrik. Die Folterkammern befanden sich in den Kellern und im Gebäudeinneren.

Ich war in eine Zelle geraten, die kaum zwei Menschen Platz bot. Ich habe den Raum oft genug mit Schritten durchmessen, seine Fläche betrug etwa sechs Quadratmeter. Die Tür gegenüber war ein Fenster, das dicke Milchglas trübte das eintretende Licht, brach die Sonnenstrahlen. In der Mitte der Zelle stand ein am Boden verschraubter kleiner Tisch. Daneben an jeder Seite ein im Boden befestigter runder Hocker, der kaum zu mehrstündigem Sitzen geeignet war. Es gab keine Pritschen. Als nächtliche Ruhestätte dienten Bretterliegen, die tagsüber Teil der Wand und mit einem Schloß versehen waren. Das System war etwa wie im Schlafwagen: Morgens klappten die Wärter sie hoch. Nachts grenzten die Bretterliegen an den Tisch, die Hocker dienten als Auflagen.

Wäre die Pritsche auch tagsüber heruntergelassen und die Zelle mit nur einem Mann belegt gewesen, wäre es vielleicht auszuhalten gewesen. Dreizehn Monate habe ich vergeblich davon geträumt. Doch beide Liegen waren tagsüber hochgeklappt und abgeschlossen, und so mußte ich Tag für Tag fünfzehn Stunden auf einem runden Hocker sitzen. Zwischen Hockern und Tisch konnte man sich unmöglich, zwischen Hocker und Wand nur seitwärts durchzwängen; meine „Spaziergänge" in der Zelle machte ich, wenn ich allein war. Waren wir zu zweit, war an Bewegung nicht mehr zu denken, und die Enge bedrückte uns fühlbar.

Wände, Decke, Tisch und Hocker waren hellblau gestrichen. Die Deckenlampe war aus dem gleichen Milchglas wie das Fenster. Dies verlieh diesem Raum etwas Irreales. Die Gefängniszelle wirkte wie eine Schiffskajüte oder ein Eisenbahnabteil. Ein Foto, besonders ein

Farbfoto der Zelle aus einem bestimmten Winkel hätte den Eindruck einer Bauernstube oder der Fensternische eines Kirchenschiffes vermittelt. Dabei war es eine quälend unbequeme Kerkerzelle, in der, wie ich selbst bezeugen kann, Menschen den Verstand verloren haben.

Suchanowo war nicht einfach ein Gefängnis mit einer strengen, sondern mit einer Sonderregelung. Die Haftbedingungen konnten äußerst schwer oder auch vergleichsweise gut sein: Die Gefangenen sollten ihre Abhängigkeit von der Willkür der Folter verstehen. Nicht zufällig fehlte in den Zellen die Gefängnisordnung; derartige Regeln (nicht immer gleichen Inhalts) hingen eingerahmt in den Zellen des Inneren Gefängnisses und in Lefortowo, beides Gefängnisse mit einem nicht gerade milden Regime. Aber in Suchanowo gab es weder Gefängnisordnung noch Untersuchungsregeln. Ein spezielles Regime für spezielle Staatsverbrecher ...

In der Zelle, in die ich gebracht wurde, befand sich bereits ein Häftling. Anfangs versuchte er, ein Gespräch zu vermeiden. Auf meine Frage, wo wir eigentlich seien, antwortete er lakonisch: „Sie werden schon sehen ...“ So saßen wir einander gegenüber, jeder auf seinem Hokker an die Wand gelehnt. Eine andere Sitzhaltung konnten wir nicht einnehmen, denn seitliches Sitzen war sehr unbequem, Gehen unmöglich, zum Liegen gab es keinen Platz.

Interessiert betrachtete ich das schöne, bleiche Gesicht des grauhaarigen Mannes mit seinen traurigen und doch ausdrucksvollen schwarzen Augen. Vielleicht dichte ich heute ein wenig hinzu, doch ich glaube, ich erkannte am Gesicht meines Nachbarn sofort einen feinfühligen Menschen. Tschingis Ildrym – Kurde, Teilnehmer an der Oktoberrevolution im Kaukasus, gebildeter Ingenieur, Literaturkenner – hatte viele Jahre Kirow nahegestanden und erwies sich als ein sehr sympathischer Mensch.

Wir waren leider nicht lange zusammen, doch Tschingis Ildrym ist mir im Gedächtnis geblieben, und ich weiß von einem Häftling, den ich später im Lager getroffen habe, wie freundlich er über mich sprach.

Am zweiten Tag in Suchanowo holten mich die Gefängniswärter. Im Unterschied zu anderen Gefängnissen wurden die Häftlinge hier nicht von zwei, sondern von drei Mann begleitet. Zwei hielten mich an beiden Seiten fest, der dritte stieß mich von hinten. Auf diese Weise wurde ich die Treppe hinunter- und über den Hof zum Kirchengebäude geführt; das Kircheninnere war durch hohe Trennwände in Kammern geteilt. Ich wurde in die äußerste linke Kammer mit einem großen Fenster gebracht. Der Raum wirkte wie eine geräumige Zelle mit Steinfußboden und war vollkommen leer, auf dem Fußboden lagen einige Zigarettenstummel. Die Wächter entfernten sich. Im Gebäude herrschte völlige Stille. Ich schaute mich um, ohne etwas zu verstehen und kam zu dem Schluß, eilig in eine andere Zelle gebracht worden zu sein. Gleich würde man die kargen Einrichtungsgegenstände einer Gefängniszelle bringen. Unklar blieb trotzdem, warum ich ohne meine Sachen hierher überführt worden war, die in meinem blauen Kerker lagen. Meiner Erinnerung nach blieb ich reglos und verwirrt in Erwartung weiterer Ereignisse stehen. Sehr lange brauchte ich nicht zu warten. Die Tür öffnete sich, und einige Leute traten ein: Hauptmann Pinsur, mit dem ich im Oktober 1939 während des ersten protokollarischen Untersuchungsabschlusses ein Gespräch voll schwarzen Humors geführt hatte, mein Untersuchungsrichter Unterleutnant Garbusow und einige Unbekannte; später erfuhr ich, daß einer von ihnen der Gefängnisdirektor war.

Fragend schaute ich sie an. Der Hauptmann war sichtlich guter Laune, Garbusow dagegen aufgeregt: „Hier also müssen wir uns wiedersehen, Gnedin“, sagte er verwirrt, als seien wir uns zuvor unter völlig normalen Umständen begegnet.

Dann wurde ich auf den Fußboden gestoßen und mit den Stöcken zusammengeschlagen, die ich schon aus dem Inneren Gefängnis kannte. Als mich 1939 Berija, Kabulow und die anderen Folterer zusammenschlugen, hatten sie unmißverständliche Forderungen und wollten bestimmte, für sie notwendige unwahre Aussagen bekommen. Hauptmann Pinsur wußte, daß er bei mir nichts erreichen konnte, und verlangte lediglich, daß ich umdenken und schnell irgendwelche Aussagen machen sollte, deren Inhalt ihm völlig gleichgültig waren. Ab und zu machte er kurze Pausen und stellte mir einige unbedeutende Fragen, ohne mir zu erlauben, beim Antworten aufzustehen. Als der Hauptmann seinen Stock an Leutnant Garbusow weiterreichte, zuckte dieser zusammen und drehte den Stockgriff zu seinem Vorgesetzten. Um diese Episode, die mir nicht entgangen war, zu überspielen, rief der Hauptmann aus: „Sehen Sie, Gnedin, Sie ekeln Ihren Untersuchungsrichter so sehr an, daß er Sie nicht einmal berühren möchte!" Ich aber verstand sehr gut, daß der Leutnant nicht imstande war, die Hand gegen mich zu erheben. Ich begann, neuen Mut zu schöpfen. Als der Gefängnisdirektor meine Selbstbeherrschung bemerkte, ergriff er die Initiative und riet: „Es wäre doch besser, ihm die Socken auszuziehen." (Sie schlugen mich dann auf die Fersen.)

Nach mehrstündiger Folter wurde ich in meine Zelle zurückgebracht, kurz darauf aber (nachdem die Folterknechte offenbar einen Imbiß eingenommen hatten) wieder in die Kirche getragen und nochmals mehrere Stunden gefoltert.

Gegen Abend, wieder in der Zelle, konnte ich nicht mehr sitzen, und zum Liegen war kein Platz. Es blieb mir nur, mich mit dem Gesicht zur Wand zu stellen. Tschingis Ildrym wollte mich beruhigen und durch ein Gespräch ablenken, aber er verstummte schnell. Mehrere Stunden vergingen. Plötzlich kamen spätabends die Wächter wieder, Entsetzen packte mich: „Jetzt kann ich nicht mehr standhalten.“ Ich wollte nicht aufgeben, dachte aber, ich würde keine weiteren Schläge am wunden Körper ertragen. Ich weiß nicht, ob mich dies gebrochen hätte. Zum Glück folgten keine nächtlichen Folterungen. Im ersten Stock bogen die Gefängniswärter ganz unerwartet in einen Korridor ein, gingen ins Souterrain hinab (was mich sehr beunruhigte), dann aber über eine Innentreppe zu einem Anbau und stießen mich in ein Zimmer, in dem mein Untersuchungsrichter Unterleutnant Garbusow saß.

Garbusow begann ein gewöhnliches Verhör. Weder zuvor noch danach fanden sich so viele Ausdrücke wie „die Untersuchung verfügt über unumstößliche Beweise, sie fordert dringlich“ usw. Dieses „dringliche Fordern“ beantwortete ich mit üblicher Festigkeit, keine Verbrechen begangen zu haben und keine Schuld zu tragen. Der Untersuchungsrichter schrieb meine Antwort so ruhig auf, als sei er nie Zeuge gewesen, wie man mich zu einem Geständnis als Verbrecher hatte zwingen wollen. Diese besonders kategorisch formulierten Fragen und meine Antworten wurden im Protokoll vom 26. Juni 1940 festgehalten.

Nach Endc des Protokolls fragte ich den Untersuchungsrichter äußerst ruhig, wann das Geld in unseren Gefängnisladen überwiesen werde. Ich wollte herausfinden, ob ich unter gewöhnlichen Gefängnisbedingungen in Suchanowo bleibe. Die Antwort des Untersuchungsrichters, für den meine Frage nach dem Geld für den „Laden“ völlig unerwartet kam, beruhigte mich in gewissem Sinne. „Vielleicht nicht sofort, aber in einigen Tagen wird das Geld überwiesen.“

Die ersten Wochen nach den Folterungen waren für mich sehr qualvoll. Dazu trug die ungewöhnliche Hitze im Juni und Juli 1940 bei. Wer die Moskauer Sommerhäuser kennt, weiß, daß die Hitze unter dem Eisendach eines alten, obendrein ungelüfteten Gebäudes kaum zu ertragen ist. In unserer Zelle sah es nicht anders aus. Der Schweiß strömte über meinen Körper und verursachte in den offenen Wunden furchtbare Schmerzen. Das waren vom Untersuchungsrichter nicht programmierte Folterungen. Ich stand mit dem Gesicht zur Wand, über meinen Rücken strömte der Schweiß, über mein Gesicht die Tränen.

Die physischen Leiden raubten mir meine Selbstbeherrschung. Und ausreichend Grund zur Verzweiflung gab es wahrlich. Selbst nach dem Widerstand gegen die Folterungen und der weiteren Beteuerung meiner Unschuld triumphierte ich nicht, sondern hatte entsetzliche Angst, weil ich direkt mit grenzenloser Ungerechtigkeit und Unbarmherzigkeit konfrontiert wurde. Das Bewußtsein meiner hoffnungslosen Lage bedeutete mir zu jener Zeit ein größeres Leiden als die körperlichen Qualen. Was hatte es denn genutzt, daß ich mich bisher verteidigt, niemanden verleumdet, manchen vielleicht vor der Katastrophe bewahrt hatte? Die Überführung in das Sondergefängnis und das Zusammenschlagen verfolgten offensichtlich nur ein einziges Ziel: meinen Fall gemäß den Wünschen der Vorgesetzten zu beenden, und das hieß: mich zugrunde richten.

Tschingis Ildrym versuchte, mich zu beruhigen: „Sie haben sich in diesen Tagen so gut verhalten, warum verlieren Sie jetzt die Nerven?“ Am Tag meiner Folter hatte ich tatsächlich äußerlich meine Ruhe zu bewahren vermocht, hatte in den Pausen zwischen den „nächtlichen Gesprächen in der Kirche“ versucht, den Erläuterungen meines Nachbarn über Hochofenkonstruktion zu folgen oder mindestens den Anschein zu erwecken. Als Widerstand gegen die Folterknechte nicht mehr nötig war, wurde mein Wille schwächer. Nur langsam faßte ich mich wieder und befreite mich vom Gefühl, mein Kampf gegen die Folterknechte sei sinnlos.

Tschingis Ildrym bestellte den Arztgehilfen in die Zelle und beklagte sich darüber, daß vom ständigen Sitzen auf dem Hocker seine Beine geschwollen seien. Er wollte vermutlich auch mir Hilfe zuteil werden lassen, denn mein körperlicher Zustand war ja noch schlimmer als der seine. Aber ich beschwerte mich nicht. Der Arztgehilfe untersuchte die Beine meines Nachbarn, warf einen wissenden Blick auf mich (mein Oberkörper war entblößt) und ließ uns beide wissen: „Ärztliche Hilfe ist nicht erforderlich."

Ich brauchte eher moralische Unterstützung als ärztliche Hilfe, Tschingis Ildrym gab sie mir. Ich berichtete ihm nicht von meinem Fall, er nicht von dem seinen. Wir haben überhaupt nicht über die Untersuchung, die Anschuldigungen gesprochen, über all das also, was von den Häftlingen in den Zellen so häufig erörtert wurde. Wir beide versuchten, diese Themen zu meiden. Tschingis Ildrym war mir mit seinen interessanten Erzählungen eine große Hilfe.

Er hatte die Technische Hochschule in Leningrad absolviert und war in der UdSSR der erste und vielleicht der einzige Kurde mit Hochschulausbildung. Davor aber hatte er in seiner Heimat, im Kaukasus, an den Kämpfen für die Sowjetmacht teilgenommen. Aus seinen Worten entnahm ich, daß er bei den sowjetischen Kurden sehr populär war. Er wurde 1937 verhaftet; zum Zeitpunkt unserer Begegnung saß er schon mehr als zwei Jahre im Gefängnis, nach den Folterungen lange Zeit in einer Gemeinschaftszelle im Bakuer Gefängnis. Dort waren die überfüllten Zellen durch einen gemeinsamen Korridor verbunden. Die Verhafteten erachteten die Möglichkeit, Tschingis Ildrym zu sehen, als Sensation, und viele kamen in seine Zelle. Eines Tages beugte sich ein Kurde, ein ehemaliger Großgrundbesitzer, über den auf dem Steinboden Liegenden und sagte: „Schön, daß ich dich hier sehe.“ Für einen erbitterten Feind der Sowjetmacht war es ein Moment des Triumphs, einen überzeugten Revolutionär in der Gefängniszelle neben sich eingekerkert zu wissen.

Mit Tschingis Ildrym war ich etwa zwei Wochen zusammen, dann kam der traurige Tag, an dem er seine Sachen packen mußte. Er tat dies sehr schnell, war sehr aufgeregt und drehte sich schon an der Schwelle abschiednehmend zu mir um. Ich sehe noch heute sein kreideweißes Gesicht und die kohlschwarzen Augen vor mir.

Ich blieb allein. Es begann das Jahr im blauen Kerker, dreizehn Monate ohne Spaziergänge. Zellengenossen kamen und gingen. Dreimal im Monat riefen mich die Untersuchungsrichter zu sich, um sich davon zu überzeugen, daß ich noch nicht verrückt geworden war.

KAPITEL XIII

Suche nach der inneren Freiheit

Zwanzig Jahre nach meinem Aufenthalt in diesem Gefängnis, ich war aus der Verbannung nach Moskau zurückgekehrt, fuhr ich nach Suchanowo. Langsam umschritt ich die Klostermauern, versuchte, hineinzuschauen, aber das war unmöglich. Am verschlossenen Eisentor sah ich eine Gruppe einfach gekleideter Menschen mit Bündeln und Taschen. Auf meine Fragen antworteten sie ausweichend, aber ich konnte erraten, daß sich hier Besucher mit Lebensmittelpaketen versammelt hatten und geduldig warteten, bis sie sie abgeben konnten. Einige Soldaten der Inneren Truppen gingen vorbei. Soweit ich verstand, war „Suchanowka" in ein Gefängniskrankenhaus umgewandelt worden. Wie auch immer, Anfang der sechziger Jahre war es nach wie vor ein unheimlicher Ort.

Ich erkannte das zweistöckige Gebäude wieder, das einen Teil des ehemaligen Klosters umrahmte. versuchte, mich zu orientieren und jene Seite des Gebäudes zu finden, an der vor zwanzig Jahren mein Zellenfenster gewesen sein mußte. Milchglasscheiben gab es nicht mehr. Mit überaus zwiespältigen Gefühlen blickte ich auf das Gefängnis, in dem ich über ein Jahr verbracht hatte und zusammengeschlagen worden war. Hin und wieder überfielen mich Angst und Unruhe, mein Herz war schwer, ich wollte nicht länger an diesem Ort verweilen, nicht in der Atmosphäre vergangenen Leidens versinken.

Gleichzeitig aber empfand ich eine große Erleichterung, fast einen Triumph, als sei ich gerade einer Todesgefahr entgangen, den Händen der Mörder entwischt. Ich ging auf und ab, berührte mit der Hand die Sträucher, beugte mich vor, um das winzige Fleckchen auszumachen, das ich damals, wie mir schien, durch den Spalt des Klappfensters sehen konnte, betrachtete die Baumgruppe, aus der ich 1940 manchmal Vogelgezwitscher gehört hatte. Ich genoß es, außerhalb des Gefängnisses zu stehen, die Erde unter mir zu fühlen, nicht mehr eingesperrt zu sein.

Ich bin gestorben und lebe doch, muß nun von vorn beginnen. In dieser Geistesverfassung kehrt ein Rehabilitierter nach sechzehneinhalb Jahren Lager und Verbannung zurück in die Welt. Nach dem bürgerlichen Tod ist ein Mensch von den Toten auferstanden. Als denkender Mensch sieht er sich mit großen und kleinen Alltagsproblemen des persönlichen und gesellschaftlichen Lebens konfrontiert. Probleme dieser Art mußte er schon in der Vergangenheit lösen, jetzt aber sind alle Empfindungen des Daseins neu, gleichsam wie am Anfang des Lebens, und er muß neue Lösungen suchen.

Die Gedanken an einen neuen Anfang reiften noch in Suchanowo in mir. In jener schweren Zeit war ich mir nicht sicher, den Kerker jemals lebend zu verlassen. Dennoch dachte ich darüber nach, wie ich leben würde. Ich suchte nach einem neuen Halt.

Nach vielen Jahren stand ich nun unter dem Fenster meiner ehemaligen Gefängniszelle und fragte mich: Durchdachte ich wirklich damals meine Entschlüsse, erlebte ich meine „zweite Geburt“ schon lange vor der Auferstehung von den Toten? War der Gedanke, das Erlangen wahrer innerer Freiheit sei möglich, nur die Illusion eines Eingesperrten?

In diesen Memoiren habe ich mehrfach das Streben nach innerer Freiheit erwähnt. Kann ich sagen, was „innere Freiheit der Menschen“ bedeutet? Ist es die innere Freiheit eines Vernunftswesens nach Kant? Aber ich verfasse kein philosophisches Traktat, und der Gedanke an die Kantsche Terminologie kommt mir erst jetzt, wo ich dies schreibe.

Obwohl mich im Suchanowo-Gefängnis philosophische Probleme sehr beschäftigten (ich las etliche Werke von Hegel), mußte ich doch die aktuellen, meiner Generation von der Gegenwart gestellten Probleme überdenken. Zu diesen Problemen gehörte auch das der inneren Freiheit. Sie ist eng verbunden mit der Einstellung zur Revolution, mit den großen revolutionären Veränderungen, aber auch mit dem revolutionären Terror.

Das Weltverständnis und die Charakterbildung der jungen Intellektuellen in den zwanziger Jahren wurden gleichermaßen von politischer und praktischer Betätigung wie der zeitgenössischen Kunst bestimmt. Die damaligen Künstler und die Kunstinteressenten waren von der Hoffnung beschwingt, die Revolution werde einer innerlich freien Kreativität unbegrenzte Möglichkeiten eröffnen. Ende der dreißiger Jahre aber wurde offensichtlich, daß der aus der Revolution hervorgegangene Staat die fruchtbare freie Kreativität einschränkt, verletzt, ja tötet.

Ich konnte diese Probleme nicht ignorieren, als ich 1940 und 1941 in der Gefängniszelle Wege zur inneren Freiheit suchte. Jetzt, in den siebziger Jahren, stehe ich mit meinen Überlegungen aus der Gefängniszeit wieder vor dem Zwiespalt: Persönlichkeit und Revolution, Individuum und Staat. Das in den vorherigen Kapiteln umrissene Thema „Gefängnis und Gesellschaft“ wird durch ein weiteres ergänzt: „Gefängnis und Persönlichkeit“.

Diese Memoiren gleichen einer Spirale – bereits behandelte Themen kehren auf neuer Ebene und in neuem Zusammenhang wieder. Innere Freiheit im Gefängnis – das ist vor allem die Fähigkeit, das eigene Ich vor den Kerkermeistern, Untersuchungsrichtern und Folterern zu bewahren, im Denken und Handeln unabhängig zu bleiben. Diese Definition läßt sich auch auf die Beziehungen eines Menschen zu einem totalitären Staat und einer totalitären Ideologie übertragen. Ein Mensch erlangt eine gewisse innere Freiheit, wenn er keinem Selbstbetrug, keiner Verblendung erliegt, wenigstens sich selbst gegenüber aufrichtig ist. Dies alles ist natürlich eine oberflächliche, begrenzte Definition von innerer Freiheit, und sei es nur, weil es um die Wechselbeziehungen zwischen Persönlichkeit und Gefängnis (im weiten und übertragenen Sinne) geht. Die Eingekerkerten haben einen langen Weg zur inneren Freiheit zurückzulegen, einer Freiheit, die sich im Verhalten dieses Menschen, in seinen Lebensprinzipien bis zu seiner Wahl zwischen Leben und Tod widerspiegelt.

Am Ende meines Berichts über Prüfungen und Leiden im Inneren Gefängnis sagte ich, ich habe „den Schlangenpfad" unversehrt durchlaufen. Jetzt, da ich nach zweijähriger Pause meine Aufzeichnungen fortführe, sehe ich, daß dieses kritisch betrachtet werden muß, nicht wegen literarischer Anklänge, sondern, um die Suche nach der inneren Freiheit besser verstehen zu können.

Die Wanderung auf dem Schlangenpfad ist ein Symbol aus meiner Jugend. In S. D. Mstislawskis Buch „Dach der Welt" wird erzählt, wie ein junger Wissenschaftler sich zu Beginn dieses Jahrhunderts in den Pamir begab, um mit Hilfe archäologischer Forschungen die falsche arische und antisemitische Rassentheorie zu widerlegen. Zum Gipfel führt ein verborgener, sagenumwobener Weg. Auf dem schwierigsten Abschnitt dieses Weges mußte er mit nackten, blutenden Füßen eine enge

Schlucht durchqueren, in der es von Schlangen wimmelte. Er überwindet dieses Hindernis und erreicht die Gipfel. Unversehrt ist er den Schlangenpfad gegangen.

Dieses Symbol menschlicher Tapferkeit in Todesgefahr habe ich vor Augen, während ich von dem Leidensweg des Menschen in der Macht der Untersuchungsrichter und Folterknechte berichte. Läßt sich dieses Symbol der „Wanderung auf dem Schlangenpfad" aber wirklich auch für den Widerstand eines Eingekerkerten gegen seine Folterer anwenden?

Der Held des Romans von S. D. Mstislawski war „ein Grenzübertreter", dieses Thema durchzieht das ganze Buch. Den veralteten Normen und „Tabus" stellte der Held Kühnheit und Wissen entgegen. Im Namen eines hohen Zieles übertrat er die Verbote, die Fremdlinge am Betreten des Heiligen Landes hindern sollten, er verletzte das durch Aberglaube und Gier entstandene „Tabu". Ein mutiger und gebildeter Mensch erreichte die unzugängliche Höhe, und doch war er ein Grenzübertreter. Gerade diese Gestalt war mir, der ich in der revolutionären Atmosphäre aufwuchs, teuer.

Ich habe in der Folter Mut gezeigt und war auf diese Weise meinen „Schlangenpfad" gegangen. Welche Höhe erreichte ich? Welche Regeln, welche Tabus verletzte ich? Habe ich nicht, im Gegenteil, wichtige moralische Regeln beachtet, grundlegende Werte bewahrt? Trotzdem wurde ich zum „Grenzübertreter".

Ein Sowjetbürger hatte die von den höchsten Vertretern der Staatsmacht bekräftigten Anklagepunkte zurückgewiesen. Er hatte dem Willen des Staates seinen eigenen Willen entgegengestellt und dadurch das für jeden Angehörigen der „neuen Gemeinschaft", der sowjetischen Gesellschaft, gültige Verbot übertreten, nach dem die Rechtmäßigkeit der Staatsmacht, die Richtigkeit der Regierungspolitik nicht bestritten werden darf. Man darf Tabus, die jedem Mitglied der Sowjetsippe heilig sind, nicht verletzen. Dieses Verbot gilt für alle Stufen der Gesellschaft – vom Untersuchungshäftling bis zum Regierungsmitglied. Unabhängig, wer im Namen des Staates spricht und wer, aus welchem Grund auch immer, diesem Vertreter der Staatsmacht widerspricht, der Tabu-Übertreter muß bestraft werden.

Anschaulich illustriert wird diese Regel gerade jetzt, während ich diese Zeilen schreibe, durch die Kampagne gegen das Akademiemitglied A. D. Sacharow und gegen A. I. Solschenizyn. Weil sie gegen den Willen des Staates die Menschenrechte verteidigen, weil sie Moralprinzipien proklamieren, die der offiziellen, durch Propaganda proklamierten Meinung widersprechen, verletzen sie das „Tabu des Stammes“ in sündhafter Weise. Da sie das Verbot, frei zu denken und gerecht zu empfinden, verletzt haben, mußte jedes Stammesmitglied diese Delinquenten verurteilen. Als im September 1973 Wissenschaftler, Schriftsteller und Komponisten diesen Menschen, die so große Zivilcourage bewiesen, erlogene und hinterhältige Beschuldigungen vorhielten, war Grundlage dieses Verhaltens vor allem Angst. Aber auch das nicht wirklich bewußte Tabu – lehne dich nicht auf gegen deinen Staat – spielte psychisch dabei eine große Rolle.

Wieder denke ich an die Analogie zwischen geschlossener Gesellschaft und Gefängnis. Aber dieses Mal betrifft sie in erster Linie nicht das Verhalten, sondern die Psyche der vom totalitären Regime abhängigen Menschen.

Indem ich die mir vorgehaltenen Beschuldigungen bestritt, und indem ich auf meinem Recht zur Verteidigung bestand, verletzte ich ein für ergebene Staatsdiener geltendes Verbot. Ich war selbst ein solcher Staatsdiener gewesen. Als solcher kam ich ins Gefängnis, und ich blieb es während der Haft. Im Gefängnis überprüfte ich meine politischen Vorstellungen nicht, aber ich stellte moralische Werte über blinde und bedingungslose Loyalität und Gehorsam über gesetzeswidrige Forderungen grausamer Staatsdiener. Zum „Grenzübertreter" wurde ich auf jeden Fall, und ich frage mich wieder, wie in der Einzelzelle: Wenn es eine Heldentat war, welchen Nutzen hatte sie?

Philosophiert ein Eingekerkerter in der Einzelzelle über diese Fragen, dann betrifft es sein individuelles Seelenleben. Er denkt an sein tragisches Schicksal. Denkt aber ein Autor von Memoiren darüber nach, so betreffen seine Überlegungen das Schicksal von Millionen Menschen.

Ich denke an die Millionen Opfer des Stalin-Terrors, die in den Lagern gelitten haben und an die Millionen von den Repressionen nur indirekt betroffenen Menschen. Vollbrachten sie keine Heldentaten in ihrem Kampf um ihre Existenz?

Welche Wirkungen hatten diese Heldentaten auf ihre Psyche, auf die Sozialpsyche der sowjetischen Gesellschaft insgesamt? Meisterten die Opfer des grausamen Staates den Alltag heldenhaft, und erlangten sie die innere Freiheit? Oder haben sie sie verloren? (Ich spreche hier nicht von dem Schicksal Einzelner, sondern von dem Schicksal großer sozialer Gruppen, eines wesentlichen Teils der Gesellschaft.)

Wenn Unschuldige Repressalien ausgesetzt wurden, wenn sie sich verleumden lassen mußten und verurteilt wurden, wenn sie ihre Unschuld verteidigten und trotzdem schwer bestraft wurden, wenn sie wußten, daß ihre Kameraden und Lagergenossen unschuldige Opfer des Terrors geworden waren, wenn diesen Menschen und ihren Verwandten all dies bewußt war und sie zudem wußten, daß dieses Wissen nichts fruchtete, dann muß dies ihre Psyche, die Psyche von Millionen, beeinflußt haben. Der erfolglose Kampf um Wahrheit und Gerechtigkeit als Verhängnis der Sowjetgesellschaft. Diese Gesellschaft mag ihr Gedächtnis verloren haben, die verhängnisvollen Konsequenzen werden sie, biblisch gesprochen, bis in die zehnte Generation heimsuchen.

Selbst wenn die Lagerhäftlinge nicht starben, so bedeutete diese Sklavenarbeit enorme Anstrengungen bei geringstem Nutzen. Aus diesem geringsten Nutzen zog die GULAG-Buchhaltung freilich ihre Millionenbilanz. Als Lagerinsasse hegte ich bittere Gedanken über die enormen Verluste für die Gesellschaft, die aus den ungeheuren seelischen und physischen Kraftanstrengungen von Millionen Menschen resultierten, die um das nackte Überleben kämpften. Hätten diese zugleich sklavischen und heroischen Anstrengungen einem hohen Ziel gedient, sie wären zu Millionen vollbrachter Heldentaten geworden. Eine alte und ewige Heldentat ist die Überwindung des feindlichen Elements, des physischen Leidens, der Angst vor dem Tode. Diese Heldentat vollbrachten in den Stalinschen Lagern unzählige Häftlinge.

Diese Heldentat ist mit den Wanderungen auf dem Schlangenpfad vergleichbar. Aber sie trug keine Früchte und bedeutete keinen Aufstieg zu einer neuen Lebensqualität. Die Menschen beuteten ihre letzten Kräfte aus, um nicht unter schrecklichen Umständen zugrunde zu gehen.

Die oft sinnlose, manchmal mörderische Sklavenarbeit in den Lagern und, mehr noch, das Dahinvegetieren derer, die zu keiner körperlichen Arbeit mehr fähig waren, war ein langer, tiefgehender Prozeß, der die menschliche Psyche erschöpfte und zerstörte. Dieser Prozeß fand, wenn auch weniger offensichtlich, nicht nur in den Lagern statt und beeinflußte nicht nur die Psyche der Generationen aus der Zeit des Terrors. Dieser Fluch lastet auf Generationen.

Das despotische Regime untergrub das moralische, psychische und soziale Potential. Dieses Potential können erst neue Generationen wieder herstellen. Die Menschen müssen sich von Verboten befreien, die das Bewußtsein einschränken, sie müssen das Gedächtnis wiedergewinnen – sie müssen zu Grenzübertretern werden. Zu Grenzübertretern, die mit Wissen ausgestattet sind, die falsche Dogmen stürzen, nicht zu blindwütigen Zerstörern von Werten.

Im Leben einer Gesellschaft wie auch in dem eines Individuums gibt es vielfältige Perioden, auch die des Übergangs. Moralischer Verfall und seelischer Aufschwung sind extreme Pole. Ich glaube, daß die Analyse dieser gegensätzlichen Situationen, ihrer Voraussetzungen und Folgen, dazu beitragen kann, die Ereignisse im Leben eines Menschen und einer Gesellschaft richtig einzuschätzen.

Mein Suchen nach innerer Freiheit war charakterisiert durch das Schwanken zwischen äußerster Verzweiflung, der ich im Gefängnis und in den Lagern nahe war, und Selbstbeherrschung, sogar Optimismus, fatalistischem Optimismus.

Aber ich behaupte nicht, die innere Freiheit erreicht zu haben. Darum möchte ich am Ende dieses Buches die bereits gestellte Frage wiederholen: Habe ich wirklich in der Gefängniszelle auf neue Art zu denken begonnen, habe ich jetzt, nachdem ich mir vorgenommen habe, ein neucs Leben zu führen, mein altes Leben schon auf bessere Weise als vor der Katastrophe gelebt? Oder bahne ich vielleicht erst jetzt, da ich am Vorabend meines fünfundsiebzigsten Geburtstags meine Erinnerungen aufzeichne, den Weg zu einem Neuanfang?

KÜHNHEIT

Es spritzte der Schaum, eine weiße Flamme,
er warf den rosigen Ball dir zu ...
Auf, schwimme, Knabe, sogleich ihn zu fangen,
verbirg ihn schnell in der Flut!
Doch die Hand rutscht ab an dem feuchten, kalten,
an der Glätte des Leders. Es kann nicht den Ball
der junge Spieler ergreifen, halten –
ihn, mächtige Kugel auf wogendem Schwall.
Und ich? Wie halt' meine riesige Erde
ich fest? Vom Leben – sein Meer ist so rauh –
ich Gieriger entgegengeschleudert ihr werde,
und sie schwimmt fort in das weite Blau,
entschwindet im Nebel, die dicht sie verhüllen –
doch mein Leben lang jag' ich ihr nach wie ein Held!
Ist das Ziel nur klar, gibt's für starken Willen
keine unzugängliche Welt!

J. G.

Durch Wände von Gebäuden hin,
durch Wohnungen, die nichts erhellt,
hin über Plätze, über Leitungen
schwebt als Komet durch kalte Welt,
durch Nacht des Zweifels und der Leiden
und über manche Kreuzung hin,
schwebt hoch das Lied, das zu befreien
vermag von Angst und Schmerz den Sinn.
Durch die begriffne Welt zu sehen
ist leicht. Erlernter Plan wird klar:
Man sieht – punktiert – die Brücke stehen
die im Gehirn errichtet ward.
Und über Schluchten, die uns trennen,
warf ich hinweg des Liedes Klang …
Die Sonne reicht mir die Hände …
Ich singe! Hörst du den Sang? …

J. G.

Nein, nennet kindisch nicht des Dichters Rede
und hört den Schrei, der durch die Lüfte stammelnd
gellt:
Sowjetisches Europa sehe
ich ausgesperrt von aller Welt.
Es wird Australien uns nicht anerkennen,
sein Korn verweigern uns Amerika.
In China schon des Aufruhrs Flammen brennen,
und abseits – nicht zur Seite – stehn die Inder da.

J. G.

Niemals vermag ich zu deuten in Klagen,
wie mich Stummheit in Qual zerbricht ...
Niemals, nein niemals vermag ich zu sagen
dein Aussehn und dein Gesicht ...
Wie ich ums Wort mich auch mühe,
nichts faßt dich, nichts die Welt!
Bist du bei mir denn im Herzen
oder doch nicht?
Brennst in meiner Glut du voll Schmerzen,
brenne in deinen Gluten ich? ...
Ich höre – und schließe die Augen –,
wie du sprichst, wie du lachst ...
Ersehnteste unter den Frauen,
nie hab' ich an andre gedacht.
Wo bist du? Wer kann es mir sagen?
Wo mag's Land, wo die Menschen sein?
Bist wirklich auch du allein?
So schwach wird des Herzens Schlagen ...

J. G.

Wer liest die Herderbücherei?

Neues aus Allensbach

Der Taschenbuch-Markt wächst munter weiter, die Herderbücherei wächst mit. Das haben die Allensbacher Meinungsforscher soeben ermittelt. Acht Millionen Erwachsene kann die Freiburger Taschenbuchredaktion jetzt als Publikum verbuchen, die unter 16jährigen nicht mitgerechnet, die man seit zwei Jahren mit einer eigenen „Schneckenbuch-Serie“, mit Erfolg übrigens, anspricht.

Unter den deutschen Taschenbuchverlegern liegt Herder, wie ermittelt wurde, im guten Mittelfeld. Am „Mengenausstoß“ kann das nicht liegen; denn während die Konkurrenten pro Monat bis zu 50 Titel „auf den Markt werfen“ und dadurch auch ihre Bekanntheit hochschrauben, hält man in Freiburg eisern daran fest, nicht mehr als acht Novitäten monatlich in den Buchhandel zu schicken, die freilich handverlesen sind, fast nur Original-Ausgaben. Diesen Anspruch schätzen vor allem Personen mit weiterführender Schulbildung. Sie stellen 71% des Herderbücherei-Publikums.

Überdurchschnittlich viele Leser*innen* sind unter denen, die Herder als Taschenbuchverlag kennen. Schon 1973 und 1976 war den Meinungsforschern aufgefallen, daß die Freiburger im Vergleich zu anderen Taschenbuchverlagen den höchsten Frauenanteil haben. Das wird jetzt wieder bestätigt. Offenbar schlägt hier das besondere Engagement der Redaktion für den lebenskundlichen Bereich durch. Das aktuelle Angebot – inzwischen über 120 Titel – reicht vom „1 × 1 der Partnerschaft“ bis zur „Konzentrations- und Entspannungsübung“. Ziel ist

die Entfaltung der Persönlichkeitskultur. Dafür sind Frauen besonders empfänglich.
Dagegen unterscheidet sich das Herderbücherei-Publikum von der konfessionellen Zusammensetzung kaum vom Publikum der Konkurrenten. 50% der Leser sind Protestanten, 40% Katholiken, 10% geben eine andere Konfession an oder bezeichnen sich als konfessionslos. Nähe oder Distanz zur Kirche haben kaum Einfluß auf die Bekanntheitsdichte.
1957 wurde die Herderbücherei als siebter deutscher Taschenbuch-Verlag gegründet. 1963 geriet sie erstmals in den Blick der Demoskopen. Der sechsjährige Newcomer war damals nur 470000 Personen ein Begriff. 17mal so viele Erwachsene, quer durch die Bundesrepublik, kennen heute Herder-Taschenbücher. Erfahrungsgemäß muß man etwa 1 Million Leser aus Österreich, Schweiz und Südtirol noch hinzuzählen. Eine solide Basis für die weitere Programmplanung.

Europäische
Zeit-Zeugen

Herausgegeben von Wolfgang Leonhard

Wolfgang Leonhard
Der Schock des Hitler-Stalin-Paktes
Erinnerungen aus der Sowjetunion, Westeuropa und USA
Band 1280, 192 Seiten

Vladimir Goljachowski
Arzt in der Sowjetunion
Band 1281, 256 Seiten

Arvo Tuominen
Stalins Schatten über Finnland
Erinnerungen des ehemaligen Führers der finnischen Kommunisten
Band 1282, 224 Seiten

Waldemar Kuczynski
Polen, 13. Dezember 1981
Tagebuchberichte eines Betroffenen
Band 1283, 160 Seiten

Herderbücherei

4,-

Europäische
Zeit-Zeugen

Herausgegeben von Wolfgang Leonhard

Jiri Hajek
Begegnungen und Zusammenstöße
Erinnerungen des ehemaligen
tschechoslowakischen Außenministers
Band 1284, 224 Seiten

Sandro Pertini
Sechsmal verurteilt und nicht zerbrochen
Protokolle eines demokratischen Sozialisten
Band 1401, 256 Seiten

Adam Rayski
Zwischen Thora und Partei
Lebensstationen eines jüdischen Kommunisten
Band 1402, 224 Seiten

Jan Gross
Und wehe, du hoffst ...
Die Sowjetisierung Ostpolens nach
dem Hitler-Stalin-Pakt 1939–1941
Band 1404, 224 Seiten
(erscheint im Januar 1988)